I0681945

2.956
PROFECIA

© Joan Tudela 2010

© Juan Tudela Cloquell
SGAE. S-88.879
CAE. 4.513.713-77
ISBN

ISBN 978-1-4461-0916-8

Deposito Legal
Editorial.: LULU PRESS INC
Imprime: LULU PRESS INC
Diseño grafico y portada © Joan Tudela

A las víctimas del fanatismo religioso
A los que sufren el acoso de los poderosos
A los débiles e inocentes

Y en especial a los miembros del Club Bilderberg.

Aun están a tiempo de recapacitar.

2.956
Profecía

Y dijo Dios a Moisés: " **EHIEH** ," " y añadió: "Así dirás a los Israelitas: **'YO SOY.** Me ha enviado a ustedes.' (Éxodo 3:14).

Yahveh (en hebreo יהוה, **YHWH**) y sus variantes **Yahweh, Yahvé, Yavé, Jehovah** y **Jehová**. En su forma hebrea (sin que se sepa su pronunciación exacta), es según la Biblia, en la visión de la zarza ardiente y en respuesta a su pregunta de qué les dirá a los israelitas sobre el que le ha enviado: **"Yo soy el que soy"**. Esta frase, **"yo soy el que soy"**, es en hebreo **"EHIEH"**, en referencia a las letras del alfabeto hebreo **"Y-H-W-H"**. Una palabra muy difícil de pronunciar sin vocales, puesto que en el hebreo antiguo no estaban escritas. Aunque también según el hebreo antiguo la traducción pudiera ser **"Yo soy el que seré"**.

PROLOGO

Si intento hacerme una idea de Dios, por mucho que me esfuerce no puedo aceptar bajo ningún concepto la imagen divina que desde la infancia quisieron inculcarme. Para mí, la Divina Deidad es algo más importante que la idea dictatorial de un ser que esgrime unas normas, en cuya base se fundamentaron los hombres para crear las jerarquías. Ni mucho menos puedo aceptar una religión que degrada y relega a la mujer a un segundo plano, mermándola de unos derechos de igualdad con el hombre, que le son inalienables. Por eso, cuando me pregunto qué o quién es Dios, me encuentro con una enorme barrera de dogmas y fanatismos que nublan la mente de los adeptos y creyentes, deseosos en su debilidad de adorar un líder ególatra, cuyo primer mandamiento es "Me amarás sobre todas las cosas", basado en el miedo y temor a las represalias. Para mí, la idea de Dios es mucho más amplia y sobre todo más perfecta.

Así mismo, cuando intento ver el concepto de vida eterna, no puedo por más que buscar la parte científica. El poder del pensamiento, es lo que me lleva a imaginar la verdadera esencia de Dios y de la vida eterna.

Dios es el ser más perfecto que se pueda imaginar, y la principal cualidad de la perfección es el amor y por

7

supuesto la existencia. Luego Él, es amor y existe, pero lo hace dentro de cada uno de nosotros. Sólo es cuestión de saber mirar en el interior y desprenderse de los arquetipos establecidos.

Para el concepto de Vida Eterna, indiscutiblemente he de mirar a la primera ley física: "La materia no se crea ni destruye, sólo se transforma", y por supuesto, hacia la teoría de Möbius. Si analizamos su contenido, podemos encontrar en el paralelismo de lo eterno, que la banda de Möbius posee las siguientes propiedades:

Tiene sólo una cara.

Si se colorea la superficie de una cinta de Möbius, comenzando por la "aparentemente" cara exterior, al final queda coloreada toda la cinta. Por tanto, sólo tiene una cara y no tiene sentido hablar de cara interior y cara exterior.

Tiene sólo un borde.

Se puede comprobar siguiendo el borde con un dedo, apreciando que se alcanza el punto de partida habiendo recorrido "ambos bordes". Por tanto, sólo tiene un borde.

Esta superficie no es orientable.

Una persona que se desliza «tumbada» sobre una banda de Möbius, mirando hacia la derecha, al dar una vuelta completa aparecerá mirando hacia la izquierda. Si se parte con una pareja de ejes perpendiculares orientados en un sentido, al desplazarse paralelamente a lo largo de la cinta, se llegará al punto de partida con la orientación invertida.

Otras propiedades:

Si se corta una cinta de Möbius a lo largo, a diferencia de una cinta normal no se obtienen dos bandas, sino una banda más larga pero con dos vueltas. Si a ésta banda se la vuelve a cortar a lo largo, se obtienen otras dos bandas entrelazadas pero con vueltas. A medida que se van cortando a lo largo de cada una, se siguen obteniendo más bandas entrelazadas.

Este objeto se utiliza frecuentemente como ejemplo en topología.

Geometría

Una forma de representar la banda de Möbius (cerrada y con frontera) como un subconjunto de $\mathbb{R}^3$ es mediante la parametrización:

$$x(u,v)=\left(1+\tfrac{v}{2}\cos\tfrac{u}{2}\right)\cos(u)$$
$$y(u,v)=\left(1+\tfrac{v}{2}\cos\tfrac{u}{2}\right)\sin(u)$$
$$z(u,v)=\tfrac{v}{2}\sin\tfrac{u}{2}$$

Donde $0\leq u<2\pi$ y $-0.5\leq v\leq 0.5$.

Representa una banda de Möbius de ancho unitario, cuya circunferencia central tiene radio unitario y se encuentra en el plano coordenado x-y centrada en $(0,0,0)$. El parámetro u recorre la banda longitudinalmente, mientras v se desplaza de un punto a otro del borde, cruzando transversalmente la circunferencia central.

En coordenadas cilíndricas (r,θ,z), se puede representar una versión sin frontera (abierta) de la banda de Möbius mediante la ecuación:

$$\log(r)\sin\left(\tfrac{\theta}{2}\right)=z\cos\left(\tfrac{\theta}{2}\right).$$

Según Möbius, el Universo es un gigantesco centro de gravedad, que incluso, no deja escapar la luz. El centro del Universo contiene tanta gravedad, que es completamente oscuro. Contiene tanta gravedad, que hace que a la par que el Universo se expandió en el principio, también provoca su atracción hacia el centro del Universo (efecto boomerang).

La hipótesis Möbius, explica por qué no podemos ver el centro del Universo. Ni luz visible, ni rayos gamma, pueden escapar del núcleo del Universo. Así mismo, la hipótesis Möbius explica por qué el Universo se expande en el Big Bang, pero a la vez es atraído al centro (de ahí su aceleración).

El Möbius, es el **ALFA** y el **OMEGA**. A la par, hubo un lugar de expansión, pero ese mismo lugar es la contracción del Universo. El Universo volverá al mismo punto de partida.

Uno no deja de pensar qué hay en el núcleo, y qué extraña fuerza desea que el Universo vuelva al mismo punto de partida. Si el núcleo tiene tanta gravedad que no deja escapar nada, es porque desea que todo el Universo se concentre dentro del mismo núcleo.

El Möbius es un gigantesco ocho horizontal, y al mismo tiempo una gigantesca espiral infinita, que sin embargo está unida del principio al fin. El Alfa y el Omega, están en unidad en el infinito inconmensurable de los ciclos de la espiral. Dependiendo de la visión del espectador, será un ocho horizontal o una gigantesca espiral.

En otro orden de cosas, cabe destacar que el simbolismo esotérico es muy rico en conocimientos milenarios. Los talismanes, amuletos, jeroglíficos, simbología astrológica y mágica, encierran un poder y misterio que debe conocerse.

Pequeños objetos o escrituras, encierran grandes misterios. El símbolo de Om, escrito en sánscrito, se ha hecho mundialmente conocido. Igualmente, la estrella de cinco puntas como talismán o amuleto, que recibe los nombres de pentáculo, pentagrama, pentalfa o pentángulo, entre los más difundidos.

Dentro de los misterios de La Biblia, se le relaciona con la manzana de Adán. Es muy curioso, que cuando cortas una manzana transversalmente por el medio, aparece la estrella de cinco puntas que forma la cavidad de sus semillas. Esta manzana de los primeros misterios de La Biblia, significa haber comido del árbol del bien y del mal. Como veremos más adelante, la estrella de cinco puntas representa eso y mucho más.

Precisamente, uno de los significados del pentáculo o pentagrama, es el hombre y el demonio, el bien y el mal. Si se ve el pentáculo con una punta hacia arriba, se asemeja a un hombre con los brazos extendidos y las piernas separadas, siendo la punta superior su cabeza.

De esta forma se usa en los rituales de magia blanca o del bien. Así está considerado dentro de los talismanes o amuletos de buena suerte.

Pero si colocas la estrella con dos puntas hacia arriba, asemeja una de las formas del demonio, con dos cuernos hacia arriba y su barbilla debajo. Si de interpretación de esoterismo y simbolismo se trata, aquí el misterio se convierte en algo gráfico.

De esta forma se le utiliza para ritos orientados hacia el mal.

Se le suele agregar la palabra "tetragramatón" alrededor del tentáculo, dividido en cinco sílabas: Te-tra-gra-ma-tón, constituyendo un símbolo mágico muy utilizado, ya sea como talismán o amuleto.

Se llama también pentalfa, porque está formado por cinco letras alpha griegas, como cinco vías para comenzar todo en la vida.

Si el pentáculo o pentagrama se encierra dentro de un círculo, representa la unión con el espíritu y el Universo. Igualmente, la continuidad de los elementos de la alquimia y de la magia, representados uno en cada punta.

Es muy interesante dentro de las matemáticas, que en la construcción de figuras geométricas con alto grado de simetría, (llamados polítopos regulares y que dio a conocer Euclides), no se puedan hacer las estrellas mágicas, base de los cálculos, con cinco puntas ni con menos. Solamente, a partir de las estrellas de seis puntas.

Es otro de los misterios de las estrellas de cinco puntas o pentáculos.

Pitágoras le confirió gran importancia, tanto en el plano matemático como mágico. Actualmente, grafica diversas leyes matemáticas, logarítmicas y de sucesiones fractales.

Es diversas escuelas iniciáticas, como los rosacruces y masones, se le confiere grandes cualidades. Se le suele colocar la letra "G" en su interior, que significa God (Dios en inglés), GADU (Gran Arquitecto del Universo), Gamma (Geo, tierra en griego), Gnosis (Conocimiento, sabiduría).

Por lo tanto representa la unión de Dios, del Cielo con la Tierra en la sabiduría.

La letra "G", procede de agregar un pequeño guión a la "C". Fue hecho en el siglo III A.C. por el romano Espurio Carvilio, sirviente del cónsul del mismo nombre, a fin de representar un sonido que no tenía símbolo.

Es importante resaltar que el número tres tiene un gran significado en las escuelas esotéricas, y la letra "G" es la tercera letra del alfabeto griego, hebreo, etrusco, copto, caldeo, asirio, gótico y románico moderno.

En suma, el pentáculo encierra muchos misterios para ser estudiados y aplicados. No son simples amuletos de la suerte, como por ejemplo, una pata de conejo.

Son talismanes o amuletos de profundo significado religioso y científico.

Second Life (abreviado como **SL**) es un meta verso lanzado el 23 de junio de 2003, desarrollado por Linden Research Inc., el cual ha tenido una atención internacional de manera creciente desde el año 2006. Fue creado por John Linden.

Las personas, para hacer uso de éste programa, deben crear una cuenta en www.secondlife.com y bajar el programa llamado *Second Life Viewer*. Al registrarse y acceder, pasarán a ser llamados *"residentes"* o de manera abreviada *AV* que significa *"avatar"* y puede personalizarse.

La manera en que los residentes interactúan a través de SL, y que es uno de los principales atractivos de este mundo virtual, es a través de los avatares o AV. Son personajes en 3D completamente configurables, lo que da a los usuarios la capacidad de convertirse en otra persona y gozar (como el mismo nombre del programa indica) de una segunda vida. Esto promueve en el mismo mundo, una avanzada interacción virtual, en la que los residentes de SL podrán explorar el mundo, conocer a otras personas, socializarse, o participar en actividades grupales de acuerdo a sus gustos, entre otras cosas.

Su segundo atractivo más importante, es la posibilidad de crear objetos e intercambiar diversidad de productos virtuales, a través de un mercado abierto que tiene como moneda local el Linden Dollar ($L).

SL, es uno de los varios mundos virtuales inspirados en la novela de ciencia ficción "Snow Crash" de Neal Stephenson y el movimiento literario "cyberpunk".

Es un mundo creado por sus usuarios, en el que la gente puede interactuar, jugar, comunicarse y también hacer negocios. La manera en que se realizan negocios con la moneda Linden Dollar (Linden o $L), es abierta y libre a las interacciones del mercado. Esta moneda es cambiable por dinero real, por lo que muchos residentes de SL se toman este mundo muy en serio, convirtiéndolo en su sustento para la vida real.

En ocasiones, SL se ha definido como un juego online. Pero esta definición se queda corta, por no tratarse de conquistar mundos, de obtener records, de pasar niveles o de crear estrategias, debido a que en SL no hay ganadores ni perdedores, si no que se puede interactuar con otros residentes o avatares en distintas actividades; como batallas con armas, partidos de fútbol, ir de tiendas (ropa, muebles, maquillajes, cuerpos, casas), bailar en discotecas, ir a restaurantes, pasear por Venecia, París, Barcelona o visitar la Alhambra.

En marzo de 2008, SL cuenta con aproximadamente unos trece millones de personas registradas, de las cuales, un alto porcentaje están inactivas. La razón más común, es que los interesados se registran y bajan el programa, pero el mismo no les permite arrancar, debido a que el software pide estándares altos para su ejecución. Además, hay que mencionar que muchas personas tienen múltiples cuentas, con el fin de desenvolverse con distintos roles en SL o hacer transacciones dudosas en el mundo virtual. Aun así, el promedio de conexión a la vez, está entre treinta y cinco mil y cincuenta mil personas, y en sus picos más altos pueden llegar a estar de setenta mil a noventa mil conectados. La estadística de conexiones en un mes, suele ser de algo más de un millón de personas.

La programación de este mundo virtual es abierta y libre. El código de SL permite a los usuarios poder modificar cualquier aspecto en el mundo virtual: su aspecto físico, sus movimientos, sonidos… y permite además, construir cualquier cosa en 3D. Desde un cubo, a una discoteca, un jardín o un campo de batalla; desde una pistola a una flor o unas zapatillas Nike. También permite la creación y manipulación de scripts para poder programar cualquier aspecto del mundo. Desde un cañón para lanzar personas (como en el circo), a un sistema de envío de mensajes a móviles en cualquier lugar del mundo real. Además de permitir editar todos estos aspectos, la propiedad intelectual de los mismos pertenece al usuario que lo creó, por lo que legalmente puede obtener beneficios económicos, ya sea desde la moneda del mundo ($L) o tramitar sus ganancias a una cuenta corriente o de PayPal para obtener euros (€) o dólares ($).

Contrario a lo que intuitivamente se piensa, parece ser que los entornos virtuales como Second Life, no operarían en detrimento de nuestras relaciones o habilidades sociales, sino por el contrario, favorecerían la puesta en práctica y consecuente desarrollo de éstas.

Lo excepcional de los entornos virtuales, es que en ellos tenemos prácticamente garantizado el contacto social. Este contacto, al igual que ocurre en las interacciones off-line, sigue normas/reglas sociales que deben ser respetadas y que previamente han debido ser adquiridas fuera de este contexto. Los avatares que elegimos para que nos representen, actúan entonces como una extensión de quienes realmente somos como seres sociales. No obstante, esta vinculación persona-avatar, también parece producirse de forma inversa.

Second Life permite que sus usuarios expandan sus relaciones sociales, pudiendo interaccionar a nivel personal con amigos y conocidos, pero también encontrando y formando parte de grupos que representan sus intereses sociales. Harris, H. et. Al. (2007) descubrió en un experimento que duró seis semanas, que los participantes que empezaron a usar Second Life, hicieron contactos personales con otros residentes, formaron parte de un número creciente de grupos y visitaron sitios cada vez más poblados en el entorno virtual. Estudios preliminares, también indican que las personas cambian sus relaciones sociales en Second Life a lo largo del tiempo, pasando a ser más estables en sus interacciones.

Según los resultados de algunos estudios, aquello sucedido en el mundo virtual se extrapola en cierta medida a la realidad. Manipulando experimentalmente la apariencia de los avatares, se observó que las características de éstos, influían en la confianza y seguridad de sus "propietarios" a la hora de establecer interacciones fuera del ámbito virtual, de tal forma, que aquellos con mayor éxito dentro de SL, actuaban con mayor soltura fuera de éste.

Pero no sólo las características del avatar son importantes, también lo son las interacciones que éste logra establecer. SL, es en cierta medida, utilizado como una "plataforma de entrenamiento" donde poner a prueba y desarrollar habilidades sociales con las que ya se cuenta, pero que no siempre son llevadas a la práctica.

SL tiene varios competidores. Entre ellos: Red Light Center, Active Worlds, There, Entropía Universe, Multiverse y la plataforma de código libre Metaverse.

Pero finalmente, en el año 2.250, tras La Gran Hecatombe, se fusionarán todos para crear Genome Universe.

(Bibliografía y fuentes de consulta Wikipedia)

Joan Tudela

PREAMBULO

... Miré, y he aquí un caballo amarillo, y el que lo montaba tenía por nombre Muerte, y el Hades le seguía; y le fue dada potestad sobre la cuarta parte de la tierra, para matar...
(Apocalipsis de San Juan 6,8)

Hacía días que no me atrevía a salir de aquella lúgubre y sucia habitación de aquel solitario hotel.

Tumbado en la cama, apenas tenía fuerzas para pulsar las teclas del mando a distancia del pequeño televisor, en busca de un canal que emitiera algún programa divertido que me hiciera olvidar todo aquello. Las pocas cadenas que aún emitían, tenían puesto un mini documental en forma de bucle, informando y aconsejando sobre algunas de las normas sanitarias a tener en cuenta, para evitar una posible infección.

La muerte giraba a mí alrededor como un lobo al acecho, y en ocasiones, todavía podía escuchar los desgarradores gritos de dolor de algunos de los moribundos huéspedes.

En la desastrada recepción, hacía días que nadie respondía. Todo me indicaba que el recepcionista también había sucumbido al mortal virus.

Lleno de hastío y cansado, dejé caer el mando de mis manos e intenté recordar cómo se había llegado a aquella situación.

Todo comenzó cuando la gran huelga general.

El pueblo llano, la gente sencilla y humilde, la clase obrera no cualificada, harta de ser mano de obra barata, se movilizó para reclamar un trato más justo y un salario acorde a las cuotas de consumo.

Los grandes magnates, los gobiernos y los demagogos sindicatos, temerosos de que esta movilización pudiera afectar a sus pingües beneficios, no tuvieron más remedio que volver a inventar un virus que produjera tal sensación de indefensión y terror, que obligase a la clase obrera a retroceder en sus demandas, por miedo a morir de una fatal y devastadora epidemia.

Otras veces, esto había provocado el efecto deseado.

Las vacas locas, la gripe aviar, la peste porcina y equina…Todas ellas, siempre habían aparecido cada vez que algún grupo intentaba reclamar un salario justo para los más desfavorecidos.

La clase obrera o mano de obra barata, ascendía a más del ochenta por ciento de la población activa, y eso suponía mucho dinero a restar de los beneficios que los magnates querían obtener. Lejos quedaban las demagogas palabras de algunos gobernantes: "¡Lucharemos, para que la clase obrera tenga un trato justo y un salario equitativo al actual nivel de consumo, y abogaremos para que el beneficio de la mayoría supere al de la minoría!"

Por lo tanto, la mejor solución era asustar al populacho por medio de una epidemia que se cerniera cual espada de Damocles sobre ellos, para hacerles retroceder en sus reivindicaciones.

En la supuesta crisis de los años 2008 al 2014, ya no surtió efecto por el simple hecho de que el pueblo estaba harto de que fuesen siempre los mismos los que se tenían que apretar el cinturón, mientras los magnates y los gobernantes vivían en la opulencia. Mucha gente empezaba a dudar de estas etapas víricas.

Los medios de comunicación, anunciaban con gran entusiasmo algunas de las muertes para producir el efecto deseado, pero muchos ya no creían en ello. Siempre aparecían cuando la caótica situación laboral se volvía reivindicativa. Esta vez, había que ofrecer algo más que un posible virus mortal y esto se les fue de las manos.

Uno de los laboratorios que fue rechazado para elaborar el posible antídoto, había contratado mis servicios como investigador privado, para intentar averiguar el origen del nuevo y amenazante virus. Un meta bloqueador del sistema de coagulación, que tras un corto y a aparente resfriado, cursaba en un encharcamiento de los principales órganos vitales, produciendo la muerte de forma lenta y dolorosa. Su nombre era "La gripe fecal". Esta vez se echaba la culpa a las heces de las palomas. Inicialmente el virus sólo se transmitía de mucosa a mucosa, pero este mutó rápidamente y se convirtió en un mortal contagio aéreo.

Como siempre, los países subdesarrollados eran los portadores del mismo.

Durante mis investigaciones fui descubierto, y me convertí en el hombre más buscado de todas las policías del mundo.

Mi delito... ser un presunto terrorista, portador de la mutación genética del citado virus, al que se le dio el nombre clave de VSHT.

Cuatro meses estuve huyendo de mis perseguidores, hasta que cansado di con mis huesos en aquel penoso y triste hotel. Y allí quedé en espera de ser detenido. Antes de ser descubierto, tuve acceso a una experimental vacuna que hasta ahora me había evitado el contagio. Tras inocularme el esperanzador antídoto, eliminé todo rastro de él, guardando una copia en un pendrive que suponía mi salvoconducto hacia la libertad. Sólo me quedaba la esperanza de que el virus no mutase.

Mi intención era llegar hasta el presidente del laboratorio que me había contratado, único conocedor de la verdad sobre mi inocencia, pero hacía ya días que éste no respondía a mis llamadas.

De repente, el estremecedor silencio se apoderó de mí. La televisión dejó de emitir, los gritos de los cercanos moribundos cesaron, reinando una inquietante calma.

Con apática indecisión, me levanté y miré por la ventana. El panorama era desolador. Los semáforos habían dejado de funcionar. No había corriente eléctrica.

En la calle, infinidad de aves, perros y gatos, yacían muertos. En el interior de los escasos vehículos que estaban detenidos, algunos de ellos todavía con el motor en marcha, habían sucumbido hombres, mujeres y niños.

El cruel virus no distinguía a nada ni a nadie. Cualquier ser vivo perecía ante su efecto devastador, o al menos, eso creía yo.

El estridente chillido de un roedor, me sacó del aparente letargo en el que me había sumido contemplando aquella dantesca escena. Rápidamente, me giré y dirigí mi sorprendida mirada hacia el lugar de donde provenía aquel sonido.

La sagaz y vivaracha mirada del diminuto animal se cruzó con la mía. Ambos quedamos paralizados y en silencio. Lentamente me fui acercando hacia el roedor, pero éste, en su instinto de supervivencia, se escondió debajo del mueble donde reposaba el televisor.

Rápidamente salí de la habitación y bajé las dos plantas que me separaban de hall de hotel. Apoyado en el mostrador se encontraba el recepcionista. Un fino hilo de sangre seca salía de sus fosas nasales, terminando en un pequeño charco de viscosa apariencia que impregnaba la madera.

Un hedor nauseabundo emanaba del yaciente cuerpo. En un intento desesperado de evitar una arcada, salí corriendo a la calle tapando mi boca y tragando el regurgitante vómito que inundó mi cavidad bucal.

Desorientado y medio tambaleante, recobré mi compostura en mitad de la calle. Una fina oleada de pestilente aire caliente me envolvió, y esta vez fui incapaz de evitar una vomitiva arcada que sacó al exterior los escasos alimentos que había ingerido hacía pocas horas.

Con la manga de la camisa me limpié los restos que quedaron pegados en la comisura de los labios.

Una tosca figura se movió a lo lejos. Mis cansados ojos pudieron adivinar que se trataba de un roedor de grandes dimensiones. Se dirigía con pasos seguros hacia el cadáver de un gato que yacía en el suelo. Con gran estupor observé cómo la tripa del felino se movía; y de su interior, salía devorando los intestinos, lleno de sangre y emitiendo un ensordecedor chillido de triunfo, otro roedor de considerable tamaño.

El destino invertía los papeles, y el ratón se comía al gato.

De la misma forma, la especie humana dominante estaba sucumbiendo ante el arma que había esgrimido para someter a sus vasallos.

Como pude, evité otra arcada y seguí caminando en medio de aquel desolador paisaje.

Al entrar en una de las calles colindantes, vi como el cuerpo de un ser humano se desplomaba justo en mitad del capó de un vehículo. Rápidamente corrí hacia él.

Se trataba de una mujer de poco más de treinta años, vestida con una especie de bata médica, en la que figuraba en su bolsillo superior izquierdo y debajo del logo del Hospital Clínico Universitario, el nombre de Dra. Castro.

Aún mostraba signos vitales y presentaba una gutural y sorda respiración.

Con mis cansados músculos al borde de la extenuación, la llevé en brazos hacia una de las casas cercanas. No tuve problema alguno para entrar, la puerta se encontraba abierta. Tras apartar el cuerpo sin vida de un hombre que yacía sujetando la hoja, en lo que me pareció un último intento por salir, penetré en su interior. Aparentemente la casa estaba vacía, y su único morador acababa de ser arrastrado por mí al cerrar la puerta.

Suavemente deposité a la doctora en el sofá del salón y observé cómo poco a poco recobraba el conocimiento.

– Hola – Saludé intentando esbozar una leve sonrisa.

Un grito desgarrador afloró de su garganta, seguido de una convulsiva tos que la hizo retroceder en su intento por levantarse.

Cuando estuvo más calmada y asumió la situación, me dispuse a examinar el estado de salud de aquella dama surgida del mortal silencio.

Aparentemente, el virus no le había afectado. De uno de sus bolsillos sacó un pequeño frasco, en cuyo interior se encontraba una pequeña dosis de lo que pudiera ser una esperanzadora vacuna que ella misma se había inoculado.

Según me explicó, la había sintetizado de la sangre de unos ratones del laboratorio, que al parecer, eran portadores de una enzima que les hacía inmunes al virus.

Tras entregarle el pendrive donde se encontraba la fórmula del antídoto que yo había encontrado, nos dirigimos al hospital donde ella había llevado a cabo sus experimentos, con la esperanza de poder encontrar una cura definitiva. Desgraciadamente, ya no quedaba nadie a quien administrársela. La Humanidad, llevada por su propio egoísmo, había sido la causante de su propia aniquilación.

En los días sucesivos, Raquel (así se llamaba la doctora), trabajó hasta la extenuación con el fin de elaborar grandes dosis del ansiado antídoto. Tras aprovisionarnos, cogimos un vehículo de la policía y nos dirigimos hacia el Este con la esperanza de poder encontrar a alguien aún con vida.

Durante el camino, mientras uno conducía el otro iba emitiendo en una emisora, derivada también hacia el altavoz exterior del vehículo, un esperanzador mensaje de vida. Pero el silencio total era la única respuesta que recibíamos.

En una de las desiertas gasolineras donde paramos para abastecernos, vimos en una revista el descomunal yate que un magnate ruso había hecho fabricarse para el disfrute de su opulenta vida. Más de cinco mil millones de dólares había costado el singular símbolo de riqueza, convirtiéndose así en la enseña svástica del holocausto de La Humanidad.

El virus sólo había sido el brazo ejecutor de la consecuencia por la letal avaricia del ser humano. Tarde habíamos aprendido la lección.

Durante los días sucesivos, entre Raquel y yo surgió una cómplice atracción, y mientras la aniquilada Humanidad dormía su merecido castigo, ambos nos adentramos en el disfrute y goce del placer sexual. Comer, dormir y viajar era nuestro único objetivo, y disfrutar del amor que irremediablemente había surgido entre los dos.

Cada vez que llegábamos a una nueva ciudad, el desolador paisaje era siempre el mismo.

Algunas veces erigíamos enormes piras funerarias para incinerar los descompuestos cuerpos.

En los hospitales nos aprovisionábamos de diferentes vacunas y caducos alimentos envasados para nuestra supervivencia.

Nuestros cuerpos eran farmacias ambulantes. Rabia, peste bubónica, tifus y todas las vacunas que se podían derivar del putrefacto ambiente que nos rodeaba, formaban parte de nuestro torrente sanguíneo.

Una mañana, mientras yo conducía, Raquel seguía emitiendo incansable su mensaje.

— ¡Si alguien nos escucha. Tenemos medicinas, vacunas y alimentos!

Pero el triste eco de sus palabras era la única respuesta.

De pronto, un leve susurro surgió de la emisora.

— Mensaje recibido ¿Dónde se encuentran?

Raquel volvió a emitir el mismo mensaje.

Nuevamente, la respuesta sonó con mayor nitidez.

— Repito ¿Dónde se encuentran?

— Nos acabamos de detener en la plaza de la Concordia. Llevamos un coche de la policía local.

— Ya les vemos. Ahora nos dirigimos hacia ustedes.

Tras las desconfiadas primeras presentaciones, nos condujeron a un refugio de considerables dimensiones.

Allí pudimos ver los rostros de los hombres que nos habían recibido.

Unas pesadas máscaras les preservaban de la latente amenaza exterior. Poco a poco fuimos explicándoles nuestra odisea y ellos nos informaron del modo en que habían conseguido sobrevivir. En total, unos trescientos hombres y mujeres, de no más de treinta y cinco años de media.

Algunos ancianos y niños, habían perecido víctimas débiles de la cruel batalla librada contra los mortales virus. Muchos de ellos se encontraban enfermos, pero Raquel pudo combatir todas las enfermedades y administrar los antídotos que llevábamos.

El secreto de su supervivencia se basó en la ayuda mutua, la asepsia y el esmerado cuidado por no contagiarse del exterior.

Poco a poco, día a día, paso a paso, fuimos creando una sociedad basada en no cometer los mismos errores que nuestros antecesores.

Todos ellos, aportaban sus conocimientos y cuatro horas diarias de su tiempo, en servir y ayudar al resto de la comunidad. Cada cual, enseñaba a un discípulo sus conocimientos. El médico enseñaba medicina a un discípulo más joven, el cocinero a otro, el constructor de casas a su otro discípulo… el confeccionador de ropa, el de alimentos, el agricultor, el carpintero; el físico y el matemático y así sucesivamente. Todos con un fin común: la supervivencia y la existencia pacífica y feliz. Se dictaron unas normas específicas, encaminadas a la creación de una perfecta sociedad.

Un nuevo decálogo surgió con la misma fuerza que si lo hubiera dictado el mismo Dios.

Primero: Amarás y respetarás a tu prójimo como a ti mismo.

Segundo: Tomarás sólo lo necesario, para que haya suficiente para todos.

Tercero. Protegerás al débil, de la misma forma en que el fuerte te protegerá a ti.

Cuarto: Servirás durante cinco días, cuatro horas diarias a tu comunidad y dos días descansarás.

Quinto. Respetarás la libertad de elección de tu prójimo.

Sexto: No matarás seres humanos ni les dañarás.

Séptimo: Nadie está por encima de nadie.

Octavo: Aprenderás para poder servir con eficacia, hasta el límite de tus posibilidades.

Noveno: Respetarás el nivel de sabiduría de tus semejantes.

Décimo: Cuidarás de la Tierra, porque es tu hogar.

Y finalmente, estos diez mandamientos quedaron sellados en dos:

Amarás y cuidarás a la madre Tierra sobre todas las cosas, y al prójimo como a ti mismo.

Estoy convencido de que en las alturas, el Dios creador sonrió y vio que era bueno lo que había hecho, y renovó el contrato de inquilinato al Ser Humano. Porque Dios, desde su infinita perfección, no necesita de templos ni adoradores, pues Él no es egoísta, vanidoso ni orgulloso. Sólo se alimenta del amor entre los hombres.

Y el Ser Humano, construyó y caminó en su propio Jardín del Edén, y nunca más volvió a tomar la fruta del árbol del Bien y del Mal.

¿Qué quién soy yo? Que más da! Un simple investigador privado.

Al fin y al cabo, el mensajero no es importante. Lo verdaderamente importante es el mensaje.

Año 2.230 de la Gran Hecatombe.

PRIMERA PARTE

(EL PADRE)

1

Año 2.956 de nuestra era. Población mundial, mil millones de habitantes. Los grandes avances científicos han contribuido a mejorar paulatinamente el nivel de vida del ser humano. Por fin la paz ha dejado de ser una utopía. El hombre entendió el mensaje de la naturaleza y después de la Gran Hecatombe mundial del año 2.230, en el que sobrevivieron trescientas mil personas, la Tierra comenzó a regenerarse. Una única sociedad sin distinciones de razas, sexo, ideologías y religiones; gobernada por el Consejo de Sabios, y un reparto equitativo de la riqueza, ha hecho de la Tierra un paraíso, un Jardín del Edén. Con un único idioma, la maldición de la Torre de Babel había llegado a su fin.

– Nada de red cableada. Si algo hemos aprendido de la madre Tierra, es la posibilidad de comunicarnos mediante las ondas y la atmósfera – Dijo el anciano, que durante toda la discusión, había permanecido callado observando a los demás miembros del consejo.

– Pero eso nos ayudaría a mejorar las comunicaciones en las zonas altas de las montañas – Le interpeló el joven Heracles.

– Nada de red cableada. Tenemos los generadores de fotones, y aprovechar la potencia que Tomas

32

Handcok descubrió al enviar la información por medio de éstos, es la forma más rápida y segura de hacerlo, y eso es un dato que a lo largo de las dos horas que llevamos aquí reunidos se ha olvidado.

— Está bien — Dijo Heracles mientras tiraba sobre la mesa el proyecto que durante toda la noche había estado realizando.

— Les sugiero que nos centremos en lo que verdaderamente nos preocupa. Dónde vamos a depositar las vainas, si en el fondo del mar o en el espacio, porque de ello dependen muchas otras cuestiones — Dicho esto, el anciano se volvió a sentar y se quedó nuevamente callado en su rincón.

El joven Heracles retomó nuevamente la palabra.

— Entonces, mis queridos miembros del consejo. Si el sistema de comunicaciones ha de ser por medio dc fotones, sólo queda tomar esta última decisión, aunque yo albergo una tercera posibilidad. Entiendo que tampoco es necesario enviar las vainas al fondo del mar o al espacio, posiblemente estarían más seguras en la Tierra.

Ante esta afirmación nuevamente surgió la polémica, y los murmullos enturbiaron el eco sosegado y tranquilo que minutos antes presidía la disertación de los ponentes.

— ¡Ahora entiendo su interés por la red cableada! — Gritó el anciano mientras se ponía de pie ante el consejo.

El murmullo se tornó en silencio.

— Eso no tiene nada que ver. Mi interés por la red cableada no va por ese camino.

— Entonces, si me lo permite, le voy a explicar un par de detalles en los que usted probablemente no ha reparado.

— De acuerdo. Le escucho.

Heracles, sabedor de la influencia del anciano en el Consejo, y de sus amplios conocimientos, se acomodó en su sillón dispuesto a escuchar al maestro. El anciano se adelantó hacia el centro del semicírculo que formaban los asientos del consejo y apoyó unas notas sobre el atril.

— Queridos miembros del consejo, todos ustedes saben que no me gusta intervenir en la mayoría de los debates, y si en esta ocasión lo hago, es porque entiendo que este proyecto se nos está yendo de las manos.

Durante años, venimos utilizando con gran éxito, nuestro sistema de fotones en la red de comunicaciones. La rapidez, la seguridad tanto en el sistema como en la conectividad, está más que demostrada. Es por eso que en sesiones anteriores, ya se dictaminó que para el proyecto Gnomo seguiríamos utilizando nuestra red de fotones. Creo que nuevamente he de recordarles cuales fueron los motivos por los que se llegó a ese acuerdo.

Primero: Los fotones están en el ambiente y llegan a todas partes. Allí donde llega la luz, llega la red.

Segundo: El proceso de mantenimiento es nulo, como muy bien saben ustedes.

Tercero: La velocidad de transmisión de datos es la de la luz.

Cuarto: Nos aseguramos así, que no caerá el sistema. Dato éste muy importante para el proyecto Gnomo.

Creo recordar que teníamos concretado también el sistema operativo, el ciberlinux-copérnico. Que como saben, está a prueba de virus y es totalmente autónomo, pudiendo operar en las condiciones más adversas, y él solo se auto renueva y propaga. Pues bien, aclarado este punto… – El anciano realizó una pausa para rebuscar entre sus papeles, tomó un sorbo de agua y prosiguió: – pasamos al tema de las vainas.

Como ustedes bien saben, son completamente autónomas. Están diseñadas para sobrevivir en cualquier entorno, absorbiendo desde el exterior los recursos que necesita para mantener en estado vivo a su huésped. Todo ello gracias a Tomas Handcok y su descubrimiento sobre la energía de los fotones.

El único problema que tenemos, es dónde vamos a depositar los millones de vainas que cada año se irán multiplicando. El ciberespacio es infinito, pero nuestra Tierra y el mar no lo son. Lo único que nos queda es el Espacio.

A todos nos gustaría tener a nuestros seres queridos en nuestras casas y jardines, pero créanme, eso es imposible. Según mis cálculos, a partir del mes próximo la población de las vainas aumentaría en unas quince mil unidades diarias, y eso hace necesario que tomemos rápidamente la decisión de ver la ubicación de las mismas – El anciano hizo otra pausa, respiró, volvió a beber y nuevamente continuó:

– Mis queridos amigos, yo ya soy viejo y no me queda mucho tiempo para iniciar mi viaje en el interior de una de esas vainas. Como verán, soy el más interesado en que el proyecto Gnomo sea perfecto y no tenga el menor fallo.

El joven Heracles se levantó diciendo:

– Mi querido maestro. Aprovecho esta pausa que usted hace para decirle que estoy totalmente de acuerdo. Creo que mi falta de experiencia me llevó por caminos equivocados, así que me pongo a su entera disposición para agilizar al máximo el lanzamiento de las vainas al Espacio.

– No es necesario agilizar nada. Con un lanzamiento cada tres meses, nos aseguramos que todas las vainas puedan salir al Espacio. Tres meses es más que suficiente para asegurarnos alguna posibilidad de reanimación o cura de cualquier sujeto sometido a la hibernación de las vainas. Aunque si he de serle sincero, según las propias manifestaciones de los residentes del entorno Gnomo, están tan encantados con su nueva vida que ya no quieren regresar. Además, el poder contactar con sus familiares por medio de la realidad virtual, es lo que lo hace más apetecible.

Señores, hemos alcanzado el sueño de la inmortalidad, hagámoslo posible. Lleguemos a un acuerdo por el Espacio infinito.

Antes de que el consejo en pleno se levantase a dar su aprobación, el joven Heracles le interrumpió:

– Una última pregunta, Maestro.

– Dime, Heracles.

– ¿Qué ocurrirá si una vaina se aleja mucho de la Tierra?

– Nada – Afirmó el maestro en tono rotundo.

– ¿Nada?

– Absolutamente nada. A fecha de hoy tenemos unas vainas situadas a 250.000 Km. de la Luna, y gracias a los fotones la comunicación con las mismas es instantánea, nítida y sin problema alguno.

– ¿Y en el supuesto caso de que alguna vaina se alejase a un año luz? Por poner un ejemplo.

– Para que eso ocurriera, las vainas tendrían que viajar a más velocidad que la luz, y como todos sabemos, flotan en el espacio entre la Luna y la Tierra. No obstante mi querido Heracles, eso podría llegar a producirse, ya que dispondrían del tiempo necesario. Pues al carecer de elementos antioxidantes y estar compuestas de elementos orgánicos auto regenerativos, de elementos metálicos (como la última aleación de titanio descubierta en el siglo XXIII) que hasta la fecha nada puede destruir, y ser abastecidas por la luz solar, entiendo que podrían superar todo lo imaginable.

Por otro lado están programadas para que, en el caso de que se perdieran las comunicaciones con el servidor central, se auto programasen y creasen su propio ciber mundo, agrupándose con otras vainas que estuviesen al alcance fotónico entre ellas. Por lo tanto, creo estar en disposición de afirmar que hemos vencido a la muerte, o mejor dicho, hemos creado el Cielo para los muertos.

– Maestro ¿Qué ocurre con el cuerpo?

– Mi querido Heracles, sé que tienes muchas preguntas sobre este proyecto. Como recién llegado al Consejo de Sabios, eres desconocedor de muchos de los detalles del proyecto Gnomo. Por lo tanto, si no te importa, como el resto del consejo sí es sabedor hasta del más mínimo de los detalles del proyecto, podemos disolver la reunión y luego estaré encantado de responder a todas tus preguntas – El Anciano, dirigiéndose al Consejo: – ¿Es de la aprobación del Consejo, el lanzamiento al espacio de las vainas?

Los miembros del Consejo se levantaron y clamaron al unísono:

– Aprobamos, respetamos y protegemos la decisión del Consejo.

– ¡Damos por finalizada esta sesión! – Exclamó el moderador desde lo alto de su sillón.

2

– **Mediodía** – Dijo con voz suave y pausada el joven Heracles al entrar en su aposento.

La estancia se iluminó con una luz que apenas producía sombras. Ésta provenía de todas las partes de la casa, sin que se notara el más leve foco de intensidad en sitio alguno.

Tras dejar en una mesa los apuntes que el anciano maestro le había dado durante la ingesta de nutrientes, entró en la habitación contigua

– Hola tesoro.

– Hola mi vida.

La voz sonó como un eco metálico. Provenía de una silla de ruedas, del cuerpo inerte de un ser que una vez fue una mujer hermosa, y que ahora, con el único movimiento de los ojos y la boca, se hallaba en la misma.

– ¿Cómo ha estado la reunión? ¿Se alcanzó algún acuerdo?

– Sí. Creo que mi ignorancia estuvo a punto de retrasar el proyecto, pero la sabia intervención del Maestro aclaró todos los conceptos erróneos por mi parte. El proyecto se pone en marcha de forma oficial dentro de una semana. ¿Y tú qué tal? ¿Cómo pasaste el día?

– Bien amor. Me conecté a Genome Universe y estuve hablando con varios de los residentes experimentales. Han creado un Sim denominado los Gnomo Pioners y están encantados. Gracias cielo, por hacer que mis padres fueran de los primeros. Son muy felices. Mi padre aprendió a construir y ha hecho una copia de la casa que tenían aquí en la Tierra. Han conocido a otro matrimonio que domina muy bien el Gnomo World y el marido le enseñó muchos trucos. Se han inscrito en un curso que los más avanzados están impartiendo. Mi madre me dice que tiene ganas de que llegue y poderme abrazar nuevamente.

– ¿Te ha dicho tu madre si la sensación es real?

– Sí. Es algo que no me atrevía a preguntarle, pero la sensación es la misma que cuando su cuerpo estaba vivo. Es más, al no sentir el cansancio, no tener la necesidad de ingerir alimentos y no envejecer, de vez en cuando duermen, pero tampoco es necesario. Mi madre ha adquirido un avatar muy sexy, y mi padre por fin puede lucir esos músculos que siempre ha deseado tener, además de una espléndida cabellera. La verdad es que están encantados.

– Por lo que veo, tú también.

– Sí amor. La sola idea de poder volar, volver a andar, correr y dejar esta maldita silla de ruedas, hace que lo desee cada vez con más fuerza.

El joven Heracles la miró fijamente a los ojos – ¿Me esperarás?

Unas diminutas lágrimas se deslizaron por las pálidas mejillas de la mujer. Heracles se las secó con la yema de los dedos.

— Toda la Eternidad, amor. Y toda la Eternidad te estaré agradeciendo lo que has hecho por mí desde que tuve el accidente.

— Cuando te marches estaremos en contacto. Aprenderé a manejar el Gnomo World. Para cuando llegue ya seré todo un experto. En cuanto deje el proyecto en marcha y no sean necesarios mis servicios, solicitaré al consejo mi partida. No quiero esperar a hacerme viejo para poder entrar como residente de GW.

— ¿Sabes cariño? Puedes conservar el mismo avatar que tienes como visitante.

— ¿Sí? ¡No me digas! Entonces podré tener el mismo que creé cuando entré en el juego por primera vez. Antes de ser residente me dedicaré a perfeccionarlo. Cuando estaba en la facultad y GW sólo era un simple juego de realidad virtual online, ya tenía uno, y he de reconocer que con bastante éxito.

— Seguro que eras todo un seductor de la red.

— ¡Uf! Ni te imaginas amor, la de novias que llegué a conseguir.

— ¡Casanova! — Dijo ella poniendo los labios en señal de demanda de un beso. Heracles la besó dulcemente.

— ¡Venga! Enséñame el avatar que has elegido.

— Mira.

— Me gusta ese cuerpo, es precioso. Digno de una diosa como tú.

41

– Ja, ja, ja. Tonto – Nuevamente, Heracles la besó.

– Te quiero amor.

– Te quiero, mi dulce tesoro. Mi salvador.

– He de reconocer que el avatar se parece mucho a ti.

– Bueno… contacté con un diseñador y le envié una foto mía de antes – Al terminar la frase, un halo de tristeza asomó a su pálida faz.

Heracles no quiso profundizar en el antes del accidente y rápidamente cambió de conversación.

– Voy a preparar tu alimento – Dijo con una sonrisa.

Salió de la estancia, no sin antes mirar nuevamente a su dulce Atenea.

Aquel cuerpo casi inmóvil, inerte, que había sucumbido a un brutal accidente, había quedado prácticamente destrozado. Los scanner de salud, capaces de curar cualquier enfermedad, no habían podido reestructurar su cuerpo. Tan sólo el cerebro y algunas de las funciones de la cabeza pudieron ser reparadas.

La voz metálica le susurró:

– Dentro de poco ya no tendrás que preparar más alimento para mí, y mi alma se liberará fundiéndose con el cosmos.

– Allí nos uniremos los dos, amor.

Atenea siguió navegando por el ciber mundo de Genome Universe. Visto tras la pantalla de xenón y plasma, el entorno ofrecía un maravilloso paisaje a las faldas de una montaña, culminado por un precioso y destellante lago azul rodeado de las más hermosas flores que la imaginación pudo crear.

Como el anciano maestro había dicho. Aquel ciber mundo era ilimitado y podía albergar a miles de millones de avatares.

Sin la menor duda habían creado un mundo, cuyo único requisito para interactuar en él como residente, era enterrarse en vida en una especie de ciber muerte aparente, en unas vainas especiales.

A través de los tiempos, el hombre había luchado por conseguir la inmortalidad. Lo más cercano a ello era Gnomo World.

3

Los primeros rayos del alba mostraban un esplendoroso cielo despejado de nubes.

Los destellantes reflejos sobre la base metálica de la gigantesca nave, ofrecían un esperanzador panorama. Junto a la misma, estratégicamente instaladas se encontraban las vainas vacías. Detrás de ellas, unas cincuenta camillas trasportaban a sus futuros moradores. Personas en estado terminal, rodeadas de los familiares más allegados. En una de las camillas estaba Atenea mirando fijamente al joven Heracles. Tristeza y desesperación por la inevitable partida, pero al mismo tiempo, esperanza por la certeza de poner rumbo a un mundo mejor.

– Te quiero mi vida – Dijo Atenea con su voz metálica, mirando fijamente a los ojos de Heracles.

– Te quiero mi dulce consuelo – Respondió él.

– ¿Estarás bien? – A pesar de la voz metálica, el tono de melancolía era patente.

– Sí mi amor. Tú no te preocupes. Además, esta misma tarde me conectaré a GW como visitante y podremos hablar, incluso interactuar juntos. Ya verás que bien lo pasamos. Todos los días, en cuanto me libere de mis ataduras laborales, me conectaré contigo. Sólo espero que el Consejo de Sabios me permita pronto partir, para poder estar toda la Eternidad junto a ti.

Atenea seguía mirando fijamente a Heracles. Sus ojos llenos de esperanza, pero bañados por unas vidriosas lágrimas de miedo, dudas y desesperación por la partida, reflejaban un mar de incógnitas que sólo el tiempo podría despejar. Heracles la colmaba de besos, caricias y sonrisas, en un intento desesperado por alejar toda preocupación.

El sistema de megafonía se puso en marcha de forma súbita y una melodiosa voz femenina, con un tono susurrante y pausado, comenzó a dar las órdenes para la inminente partida.

— Buenos días y bienvenidos a Gnomo World. Vamos a iniciar los preparativos para la partida. Ruego sigan las instrucciones del personal de servicio. Gracias.

Uno de los sanitarios se acercó a la camilla donde se encontraba Atenea.

— Hola, buenos días. Voy a ponerle esta pequeña inyección.

El sanitario buscó la vena yugular de Atenea y con un certero disparo del eyector de dosis, inoculó el contenido.

Atenea miró a Heracles y le dijo:

— ¿Para qué es esta inyección?

— Es un calmante que te hará dormir. Una vez dentro de la vaina, entrarás en una especie de sueño. Más que nada, es para que no sientas temor durante el trance.

El fármaco no se hizo esperar y Atenea comenzó a sentirse relajada. Un adormecimiento se reflejó en su blanco semblante.

– Bésame – Susurró Atenea sintiendo que perdía la voluntad.

Heracles la besó apasionadamente y ella quedó profundamente dormida.

Acto seguido, uno de los auxiliares pulsó un botón de la vaina que se encontraba delante de la camilla de Atenea, y se abrió la parte posterior de la misma. Lentamente, la escotilla se fue ubicando a la misma altura de la camilla hasta llegar a anclarse.

Heracles no lo pudo evitar, y el nudo en la garganta que venía aguantando desde primeras horas de la madrugada, irrumpió con fuerza. Con un estremecedor sonido gutural, se hundió en un sobrecogedor llanto de desesperación. En ese mismo instante, una mano se posó sobre su hombro.

– Tranquilo amigo. Llora si eso te hace bien, pero no desesperes, puesto que ahora viaja a un mundo mejor. Será feliz y pronto estarás con ella para toda la Eternidad.

Heracles reconoció la voz del anciano del Consejo de Sabios, y al verle se abrazó a él.

Un "clic," indicó que la escotilla se había anclado a la camilla, y lentamente accionada por un mecanismo, Atenea comenzó a deslizarse hacia el interior de la vaina. Antes de que estuviera dentro, Heracles acarició su pelo por última vez, prorrumpiendo en un nuevo llanto de desesperación.

Cuando Atenea estuvo en el interior de la vaina, ésta comenzó a cerrarse lentamente con una gran precisión. Cuando la escotilla y la tapa superior estuvieron ancladas, se hizo un ensordecedor silencio; y casi a la vez, todas las vainas levitaron despegándose del soporte donde se hallaban ubicadas. Como si de repente hubieran cobrado vida y de manera totalmente autónoma, se dispusieron de forma ordenada y lenta en una especie de macabra fila india y comenzaron su marcha hacia el interior de la nave.

Algunos de los familiares no pudieron soportar la emoción y rompieron a llorar. Nuevamente, el anciano se dispuso a calmar a su docto colega y amigo.

– Tranquilízate. La cinta de Möbius sigue en movimiento.

– No entiendo – Susurró Heracles entre lágrimas.

– No te preocupes. Ya hablaremos de esto con más calma.

– ¿Möbius?

Heracles no entendía a qué se refería su maestro con esa definición. Pero en esos momentos no era lo que más le importaba. Sus ojos seguían mirando la vaina de Atenea, en un intento desesperado de no confundirla entre las cincuenta que seguían su lenta marcha hacia la nave.

¿Qué estaría pasando en su interior? ¿Ya se habría despertado? ¿Iría todo bien? Con una intuición casi clarividente, el anciano le sacó de sus pensamientos.

– No te preocupes de nada. Todo marcha a la perfección.

En este preciso instante, Atenea está despertando en un Nuevo Mundo, libre de las ataduras físicas que le atormentaban en la Tierra. En "su otra vida", su nuevo cuerpo cibernético le proporcionará a su cerebro, a su energía vital, las sensaciones más agradables y placenteras, en un mundo lleno de paz y armonía. Hemos creado el Cielo.

– ¿Y Dios, Maestro? ¿No estaremos con esto ofendiendo a Dios?

– ¿Dios? El día que Él se ofenda por ello, imagino que nos lo hará saber. Aunque a lo largo de mi estudiosa existencia, Él nunca se ha cruzado en mi camino. Para mí, el verdadero Dios se encuentra viajando en el bucle de Möbius.

En ese momento, Heracles observó cómo la vaina de Atenea emitía un especial destello de luz al reflejarse el Sol en su metálica y reluciente estructura. Tras su cegador resplandor, desapareció en el interior de la nave.

Heracles quedó quieto, inmóvil, incapaz de pronunciar palabra alguna.

Nuevamente, la megafonía del lugar retumbó en la amplia plataforma de lanzamiento:

– Terminado el proceso de embarque de las vainas, ruego se desplacen hasta la zona de seguridad convenientemente señalizada. En breves minutos vamos a iniciar el despegue.

– Vamos – dijo el anciano – A ver si podemos sentarnos cerca, que mis cansados pies ya no soportan el peso.

– Vamos Maestro – asintió Heracles – ¿Tiene previsto ir a algún centro en particular para la ingesta de alimentos de hoy?

– No. Es más, veo necesario que vayamos juntos. No creo conveniente que hoy estés solo.

– Gracias Maestro. Porque tengo una curiosidad sobre lo que ha indicado acerca de la teoría de Möbius.

El maestro no pudo por más que esbozar una sutil sonrisa, y con una leve palmada en el hombro del joven Heracles, le dijo:

– Estaré encantado de exponerte mi propia teoría sobre Möbius.

– ¿Teoría? Usted sabe muy bien que hoy no es una teoría. Desde hace tiempo, las fórmulas matemáticas que se encierran en la banda de Möbius o en la botella de Klein, dieron paso al movimiento continuo, principio de la energía impulsora de todo, por el cual gozamos de energía ilimitada. Esa nave, las vainas, la electricidad de nuestras casas, de nuestros vehículos y otros transportes…

– Sí, sí, mi docto amigo. Física elemental ya lo sé, pero yo estoy desarrollando otra teoría que va más allá de esta realidad.

– Estaré encantado de escucharle como siempre, Maestro.

– Veo que ya estás más animado. Me alegro.

– Sí. Sé positivamente que Atenea en estos momentos es feliz. Además, en poco más de tres horas podré contactar con ella.

– Pues vamos a ver el despegue y nos dirigimos al lugar de la ingesta de alimentos.

Desde su posición se podía ver claramente cómo la nave se desprendía de las pasarelas que conectaban con la misma, y en un corto espacio de tiempo, ésta quedaba lista para el despegue.

Al finalizar la cuenta atrás, la nave inició su ascenso precedida de un suave zumbido. Poco a poco fue ganando altura y velocidad, hasta que en mitad del azul cielo, se trasformó en un diminuto y destellante punto.

Tras el despegue, se dirigieron al centro más cercano habilitado para la ingesta de alimentos. Durante la misma, Heracles le preguntó a su maestro:

– Y bien. ¿Qué tiene que ver Möbius en todo esto?

El maestro sonrió, se atusó su corta y blanca barba, tomó un sorbo de agua y tras un suspiro, dijo:

– Está claro que las teorías de Möbius fueron dadas por válidas mucho antes de la Gran Hecatombe. El hombre, no sólo había descubierto los motores de agua, así como otros métodos de energía alternativa triplemente superior a la impulsada por petróleo o gas. No obstante, los intereses económicos de aquella época primaron sobre los intereses generales del ser humano. Ten en cuenta, que aún se utilizaba el dinero y se tenía un amplio sentido de la propiedad. La pugna por el poder y el sometimiento de los demás era prioritaria.

– Sí Maestro. Lo recuerdo bien. Fue asignatura obligada en mi época de estudiante.

– Todo ello, junto a la crisis económica creada por la necedad del hombre y de las grandes potencias financieras por amasar fortuna, fueron la base fundamental de la Gran Hecatombe. Los Trescientos Mil que sobrevivieron, ya se cuidaron de no cometer los mismos errores. Y hoy en día gozamos de un bienestar social gracias a ellos.

— Eso lo sé, Maestro. Pero no entiendo qué tiene que ver Möbius en todo esto.

— Pues… no sólo en cuanto a la función matemática donde se fundamenta el movimiento continuo es válido ese teorema. Creo que la Vida, el Universo en su constante expansión, también tiene algo que ver.

— ¿Se refiere a los viajes en el tiempo? – Preguntó un tanto extrañado el joven Heracles.

Ya que, si su maestro se estaba refiriendo a un tema que a pesar de los enormes avances tecnológicos seguía siendo un mito, el simple hecho de que saliera de la mente del miembro más respetado y honorable del Consejo de Sabios, ya era para tener en cuenta.

— Sí. O simplemente, a algo parecido – Respondió el maestro.

4

– ¡Te quiero Heracles!

Con estas palabras despertaba Atenea de su trance. Aún tenía la sensación del tacto sedoso en los labios, del beso de despedida de su amado.

Lentamente abrió los ojos. A su alrededor, un inmenso prado rodeado de una exuberante vegetación. Un cielo azul, brillante. Un cálido y confortable Sol, y una reparadora y agradable brisa que rozaba sus mejillas.

Temía levantarse. Habían sido muchos años de inmovilidad y no sabía si podría moverse.

Estaba desnuda, pero no le importaba. La agradable sensación de poder mover sus brazos, sus piernas y girar su cabeza, disipó todas sus dudas. Intentó saltar y se elevó a más de diez metros de altura, posándose nuevamente en el suelo sin el menor problema. Gritando dijo:

– ¡Hola! ¡Estoy viva! ¡Hola! – Atenea seguía dando gritos de felicidad entre risas y giros de su cuerpo, con los brazos en cruz y alzando la cabeza hacía el infinito cielo de Gnomo World.

A su alrededor vio que otras personas como ella experimentaban la misma sensación. Podía saltar, correr y hablar sin el asistente de voz. Respiró profundamente y sintió el agradable aliento de la vida apoderarse de ella. Se sentía feliz.

– ¡Atenea! ¡Atenea! – Sus padres acudieron volando a su encuentro y se posaron a su lado. Al verlos, se abrazó a ellos.

– ¡Papá, Mamá! – Gritó con gran emoción

– Ya estás aquí mi niña.

La felicidad era extrema. El reencuentro con sus padres fue muy emotivo. Pasados los primeros momentos, la llevaron a su casa.

– ¡Guau! – Exclamó Atenea – La sensación de la tele transportación es maravillosa.

– Bueno, al principio cuesta acostumbrarse un poco, pero luego resulta de lo más normal – Observó su madre mientras volvía a abrazarla.

– Lo que no veo en la casa, es la cocina o el cuarto de baño – Dijo Atenea de forma ingenua.

Su padre soltó una carcajada.

– Aquí no son necesarios, ya que no tenemos necesidad de comer, y ni mucho menos de evacuar.

Si tenemos piscinas o mares inmensos donde navegar, es sólo por puro placer. No tenemos necesidad de limpiar nuestro cuerpo, y por el contrario, podemos experimentar todas las sensaciones placenteras de la vida.

Si un día te apetece saborear un buen asado, basta con que busques en tu inventario de recuerdos, y tendrás el mejor de los asados sólo por el simple placer de saborearlo.

Puedes sentir el suave tacto de tu piel y la de los demás; el calor de un cuerpo, el de una llama, el frío y la humedad del agua.

Todas las sensaciones placenteras. Aquí el dolor no tiene cabida

Atenea no salía de su asombro. Recordaba las veces que se había conectado a Genome Universe en la Tierra, pero simplemente interactuaba como si de un vídeo juego se tratara.

Ahora todo era diferente. Ella formaba parte de ese mundo, y la sensación era tal real que jamás hubiera podido imaginarlo. Podía hacer todo aquello que hacía cuando para ella sólo era una especie de programa de realidad virtual. Ahora formaba parte del mismo, residía en su interior. De pequeña le habían hablado del Cielo, ahora, simplemente estaba en él.

— Conforme vayas descubriendo toda la magia que aquí se encierra, te darás cuenta de lo maravilloso que es esto — Dijo su madre con el mayor de los entusiasmos.

Su padre cogió un enorme baúl, que a "grosso modo" debía de pesar unos doscientos kilos, y lo levantó como si fuera una pluma.

— ¿Recuerdas la enorme artrosis que apenas me dejaba moverme? ¡Pues mira!

— Ya lo veo papá — dijo Atenea sonriendo feliz — Sólo tienes que mirarme a mí. He pasado de ser una tetraplégica, a ser una mujer totalmente nueva. Realmente, esto es el Cielo.

— Si hija mía. El Cielo, la Gloria, el Paraíso — Afirmó su padre.

– Sólo me falta una cosa para ser totalmente feliz.

– ¿El qué? – Preguntó su madre con un cierto tono de tristeza.

– Tener a mi dulce Heracles aquí a mi lado, compartiendo este maravilloso Mundo con él – Respondió Atenea mientras de su rostro desaparecía la momentánea alegría de la llegada.

– No te preocupes cariño, aquí el tiempo no existe, y ya verás como estarás con él – Dijo su madre con una exagerada sonrisa, en un intento de contagiársela a su hija.

– Espero que pronto – Susurró Atenea.

– Pronto, es un periodo de tiempo que no tiene cabida en la Eternidad, tesoro – Dijo su padre mientras la volvía a abrazar.

– Bueno, vamos a ir al centro de aprovisionamiento, porque no sé si os habéis dado cuenta de que Atenea está desnuda – Terció su madre.

– ¡Vaya es verdad! Con los nervios de la llegada no me di cuenta.

– Aquí eso importa poco – le tranquilizó su padre – El vestirse es sólo por una simple cuestión de costumbres terrenales.

– Eso es cierto papá. Porque estos preciosos cuerpos son para lucirlos.

– Así es hija. ¡Con una bonita ropa! Verás que modelos más originales hay aquí – Le animó su madre.

– Nada hija. Tonterías moralistas de tu madre. Si te apetece ir desnuda nadie te dirá nada. Recuerda que aquí sólo hay una norma "Haz lo que quieras sin dañar a nadie."

– Esta bien papá. Pero hace tanto tiempo que no luzco un vestido bonito, que ardo en deseos de ponerme una minifalda y unos zapatos de tacón.

– Pues sé bienvenida a Gnomo World. Donde tus deseos se hacen realidad al instante.

Con un pequeño gesto con el dedo índice, como si tecleara una imaginaria pantalla táctil, los tres fueron tele transportados a la zona de aprovisionamiento. Una especie de mega centro comercial, lujosamente decorado hasta en el más mínimo detalle, donde se podía adquirir cualquier cosa que se necesitase; ropa, manuales de construcción y creación de objetos, mapas y un sin fin de materiales para la diversión.

Si en la Tierra hacía años que habían aprendido a vivir sin dinero, en Gnomo World el dinero se hacía del todo inútil; pues cualquier cosa que se desease, se podía aprender a construir, crear o simplemente adquirir en un centro de aprovisionamiento; donde cuando alguien diseñaba un vestido u otro objeto, siempre dejaba el script correspondiente para que otros lo pudieran copiar.

A Atenea le encantó la forma de adquirirlo. Bastaba un simple chasquido en el aire señalando el objeto, y se acumulaba en el inventario. Luego, sólo era necesario un "clic" para acceder a una especie de menú neuronal, donde con un nuevo chasquido, tenías la ropa o el objeto que desearas a tu disposición. Era mucho más fácil que cuando se conectaba desde la Tierra por medio de Genome Universe, como visitante, pues allí debía de abrir complicados menús. Ahora era más ligero, porque todo estaba en su mente, y bastaba con una sencilla orden para acceder a un mundo nuevo, lleno de posibilidades.

Atenea reía feliz bajo la tierna mirada de sus padres. Cada cosa que hacía le sorprendía, daba saltos de alegría y colmaba de besos a éstos.

En ese preciso instante, un leve "clic" sonaba en su cabeza.

— Hola tesoro ¿Qué tal el viaje? ¿Estás bien?

— ¡Heracles! – Gritó Atenea - ¿Dónde estás?

— En la zona de invitados de Genome Universe. Mira en tu menú interactivo y envíame una invitación para poder tele trasportar mi avatar hasta donde tú estás.

En menos de quince segundos, el Avatar de Heracles cruzaba las fronteras de Genome Universe para adentrarse en Gnomo World.

Al situarse frente a Atenea, ésta se abrazó a él y buscó sus labios desesperadamente. La sensación fue tan real, que sintió cómo sus piernas se debilitaban por la emoción. Desde el otro lado Heracles, sentado frente a su escritorio, acariciaba en su ciber pantalla táctil la imagen de Atenea. Lucía un corto vestido de color rojo muy escotado, poniendo al descubierto un sensual y perfecto cuerpo.

El padre de Atenea cogió la mano de Vernice, su esposa, y la miró sin decir nada. En sus rostros se reflejaban la alegría y la tristeza del momento.

Dos lágrimas se deslizaron por las mejillas de Heracles, al ver a su amada abrazarse a su avatar. Atenea se sentía feliz. Apenas hacía unas horas estaba en una camilla, inmóvil, y ahora estaba sintiendo el amor y el placer de abrazar al hombre que amaba.

Para Heracles podía ser un avatar, y eso es lo que sentía, pero para Atenea aquello era real. Su corazón se aceleraba, su respiración la hacía jadear, y entre sus piernas, su vulva se humedecía. En ese momento necesitaba sentirse penetrada por el hombre al que tanto amaba. Aquél que había permanecido a su lado sin requerir nada a cambio desde que tuvo el accidente, y ahora necesitaba estar con él.

Se giró, y le dijo a su padre:

– Papá ¿Dónde podemos estar los dos solos?

Sin decir ni media palabra, como si estuviera esperando la llegada de ese momento, su padre chasqueó los dedos; y tanto Atenea como Heracles, recibieron un pequeño icono en sus respectivos inventarios.

– Aquí podréis estar juntos. Lo preparé todo porque sabía que este momento iba a llegar.

Atenea pulsó en el aire el icono que su padre le había dado. Heracles abrió su inventario y con su índice tocó aquel icono.

Tras una leve nube de vapor, ambos aparecieron en una lujosa y sugerente habitación decorada con tonos rojizos y marrones, alumbrados por unas antorchas que pendían de cada una de las cuatro paredes. En una de ellas, una chimenea parecía que consumía unos leños, que prendidos y hechos ascuas permanecían indestructibles.

– ¡Mi vida! – Dijo atenea – ¡Que alegría que estés aquí! Esta mañana pensé que nunca más volvería a verte.

– Vendré todos los días en cuanto termine mis tareas, para estar junto a ti, y en cuanto el Consejo de Sabios me dé su aprobación, partiré hacia GW en una vaina para estar contigo por toda la Eternidad.

– Te quiero mi dulce Heracles.

– Te quiero mi amada Atenea.

Dicho esto, se besaron nuevamente.

Atenea sentía como su cuerpo se estremecía. Heracles miraba desde su pantalla, cómo aquel avatar que le representaba y que él mismo manejaba, besaba y acariciaba a su amada. Sus manos recorrían aquel cuerpo, ávido de sensaciones de lujuria y de placer. Ambos se dejaron caer en una cama de sábanas rosáceas de suave satén. Cuando el miembro viril del sensual avatar de Heracles se adentró en las entrañas de Atenea, ésta no pudo reprimir un gutural gemido de placer, apagado por los labios de su amado. Tras unos movimientos de pelvis, Atenea lanzó un nuevo gemido, seguido de un estremecedor orgasmo. Y allí quedaron tendidos en el lecho. Atenea sonreía y su expresión era de pura felicidad. Heracles, desde su ciber pantalla, lloraba con desesperación ante los ajenos ojos de Atenea.

– ¡Dios mío, mi vida! ¡Es todo tan real! Te he sentido dentro de mí. No sabes como lo necesitaba.

– Yo también te he sentido mi amor. Sólo de verte disfrutar, me ha parecido hermoso.

– Aunque mi padre dice que aquí el tiempo no existe y no importa, deseo que pronto estés aquí.

– Lo estaré mi vida. Lo antes posible.

Mientras, en la inmensidad del Espacio, una vaina flotaba mecida por la gravedad cero. En su interior un cuerpo inmóvil, inerte, cuyo cerebro había sido atravesado con una increíble precisión por infinidad de cables, se sumergía en el descanso eterno. Y lentamente, vaina y huésped se fusionaban en un solo ser unicelular, en una extraña metamorfosis capaz de vivir eternamente.

5

Tres meses habían pasado ya, desde la partida de Atenea hacia Gnomo World. Heracles, todos los días dedicaba varias horas a estar con su amada a través del programa de Genome Universe, lo que le hacía perder horas de sueño.

Una susurrante voz femenina le despertó.

– Buenos días Heracles. Son las siete treinta de la mañana, hora de la mega Acrópolis del Meridiano Treinta y Dos. El día se presenta nublado, pero la temperatura exterior sigue en aumento. Es posible que alcancemos máximas de cuarenta grados. Tienes preparado tu desayuno y estoy efectuando el escáner de salud.

– Buenos días Uci.

U.C.I, eran las siglas de Unidad Cibernética Informatizada Doméstica serie tres mil. Era un ordenador que respondía a todas las necesidades de la casa. Desde el encendido de las luces, apertura y cierre de ventanas y puertas, hasta el más mínimo detalle de la vivienda, incluida la climatización de la misma; y por descontado, también se encargaba de efectuar un escáner diario de salud de los residentes de la casa. Incluso estaba diseñada para reparar y curar posibles patologías, por lo cual, cuando se acudía a un centro de salud, era simplemente por recomendación de su unidad doméstica. Todo respondía a una simple orden de voz.

– Finalizado el escáner todo está correcto. Mis felicitaciones. Gozas de muy buena salud.

– Gracias, Uci.

– Mientras desayunas pondré en orden tu agenda. ¿Necesitas que te recuerde algún apunte?

– No, gracias. Para mí lo más importante es la reunión del Consejo de Sabios de hoy.

– Te recuerdo que esta reunión no será sólo local. Estarán conectados con todos los representantes de las demás acrópolis.

– Sí, lo sé. Gracias Uci. Pon el canal de información local. No. Mejor pon música clásica. En cuanto termine el desayuno y mi aseo personal, saldré hacia el Consejo. Vendré tarde, no prepares ingesta de alimentos.

– De acuerdo Heracles.

Con una exactitud matemática, Heracles entraba en la sede del Consejo a las nueve treinta de la mañana.

En el pasillo, cabizbajo y con las manos en la espalda, deambulaba meditando su maestro. Vestía una túnica Tau de color crema claro, atada con un cordón blanco formado por siete nudos y enlazado a la altura del ombligo con un nudo marino perfectamente elaborado, llamado "As de guía" (Bowline). En la espalda, justo a la altura del ribete del cuello, llevaba bordada en fino hilo de plata una estrella de cinco puntas rodeada por un círculo, también denominada Pentalfa.

Nunca había preguntado a su maestro el significado de aquella estrella, sabedor de que las creencias religiosas estaban permitidas por el Consejo de Sabios, siempre que éstas no interfirieran en la libertad del ser humano. No vio acertado molestar a su maestro con una pregunta tan personal, por la simple razón de que nada le hubiera dicho, por no influenciar a su joven discípulo hacia una conducta religiosa que pudiera ser inapropiada.

Heracles había sondeado en las ciber bibliotecas toda la información sobre aquel símbolo, y el anillo de plata que llevaba en su dedo índice, le hacía sabedor de que su maestro pertenecía a la muy antigua orden de los Magos Elementales, cuyo origen se perdía a través de los tiempos.

– Buenos días Maestro.

– Buenos días, joven Heracles ¿Qué tal descansaste hoy? – Saludó el maestro con su habitual palmada en la espalda, mientras que con su mano derecha se mesaba la barba.

– Bien, aunque poco. Cada vez alargo más las veladas en Genome Universe para estar con Atenea.

– Mmm ¡C'est l'amour mon ami! – Respondió el maestro con un perfecto francés.

– Y usted ¿Qué tal ha pasado la noche?

– Bien. A mi edad, con superar día a día el escáner de salud, ya me conformo. Aunque sé, que dentro de poco me embarcaré en una de esas vainas.

– Precisamente de eso quería hablarle…

– No, no, no – le interrumpió el maestro – Ahora no es el momento. El Consejo de Sabios nos espera. Además, de eso se hablará hoy precisamente durante la sesión.

Sin más demora, entraron en la sala del Consejo. Allí se encontraban el resto de los doce miembros que la formaban, acompañados cada uno de ellos de sus respectivos discípulos.

La sesión parecía interminable. Lentamente, se fueron debatiendo los temas más trascendentales para el perfecto funcionamiento de la sociedad. Al haber eliminado la avaricia, y con ella el dinero, el servilismo y la propiedad; los temas a debatir eran mucho menos complejos.

Finalmente, cuando todos los puntos del día estaban concluidos y el moderador se disponía a dar por terminada la sesión, Heracles tomó la palabra.

– ¡Un momento por favor! – dijo mientras se levantaba – Creo que se nos ha olvidado un punto.

– Usted dirá – Respondió el moderador.

– Hace unos meses, elevé al consejo mi petición de partir en el interior de una vaina hacia Gnomo World. Me gustaría saber que hay de nuevo sobre ello.

El moderador miró hacia el maestro y dijo:

– Esta decisión aún no está tomada. No obstante, hemos pospuesto la misma, para que sea con su maestro con quien haya de consultarla, y ver los pros y los contras…

– Pero eso es una decisión mía, que yo asumo – Dijo Heracles interrumpiéndole.

– Efectivamente mi joven amigo. Pero entendemos que es mejor que efectúe un serio debate con su maestro, antes de que elevemos la decisión a definitiva. Por nuestra parte, aplazamos la misma hasta que haya hablado con él.

– Así será – Se resignó Heracles, mientras se sentaba con un semblante serio y preocupado.

A la salida del consejo, Heracles esperaba que su maestro tomase la iniciativa, pero éste seguía cabizbajo y en silencio. Heracles no pudo más y le dijo:

– ¿Y bien?

– ¿Bien, qué? – Respondió el maestro.

– Por favor, no alargue más mi tormento. Necesito saber qué hay en torno a mi partida

– Vayamos a la ingesta de alimentos y allí te lo explico.

Una vez sentados uno frente al otro, el maestro le miró fijamente a los ojos y dijo:

– Mi joven amigo. Necesito que me escuches atentamente y procures no interrumpirme. Cuando termine de exponerte mis argumentos, entonces procederemos a debatirlos si algo no te ha quedado claro.

– De acuerdo Maestro, le escucho.

– Verás. Hace más o menos mil años, se creó la realidad virtual. Era un arcaico programa que podía representar un mundo, en donde el usuario interactuaba con unos avatares toscamente elaborados, y con un sin fin de limitaciones, tanto en sus acciones como en su forma de comunicación. Pero esto, con el tiempo y tomando como base fundamental aquel sistema, es lo que dio paso a Genome Universe y posteriormente a Gnomo World.

Todos estamos encantados con el relax y la sensación de interactuar en un sistema como GU. Además, la solución que se nos plantea con Gnomo World, es tener la certeza de que hay vida después de la muerte.

Después de la Gran Hecatombe, en la que sólo sobrevivieron los Trescientos Mil (no sé si fue el azar o la definición bíblica, pero así sucedió) la idea de crear un Cielo se hizo más fuerte, y la gran mayoría de los esfuerzos se volcaron en que Gnomo World, simplemente fuera perfecto. Pero para eso, los requisitos fundamentales son:

Estar a punto de morir o haber fallecido dentro de las primeras seis horas, o simplemente, como en el caso de Atenea, estar impedido totalmente. También están los casos de desequilibrio psíquico, a los que GW sana de forma instantánea, porque desaparecen las taras físicas del cerebro al utilizar sólo la energía que se alberga en el mismo. Pero lo que nunca nos habíamos planteado, era la posibilidad de enviar un joven sano, fuerte y con toda una vida por delante, a la otra vida. Entenderás que la mera cuestión sentimental, no es motivo suficiente como para aceptar esta forma de suicidio.

Heracles hizo ademán de interrumpirle, pero el maestro prosiguió:

– No, no, no. Hemos quedado en que hasta que no termine, no me interrumpirías.

– De acuerdo, continúe – Dijo Heracles, emitiendo un leve suspiro en tono de resignación.

Pues bien. Entendemos que dentro de poco has de convertirte en maestro y elegir a un discípulo para llevarlo al consejo. Ese será el momento, en el cual yo me prepararé para mi viaje hacia Gnomo World. Desgraciadamente, mi esposa falleció hace varios años, cuando Gnomo World era sólo un proyecto.

– Sí, pero tengo entendido que se podrá clonar a partir de sus restos – Interrumpió Heracles.

– Eso es algo que está por llegar mi querido amigo, y en lo que no confío. Es más, no creo que mi tiempo aquí me dé la oportunidad de poder verlo. Tú tienes toda una vida por delante y has de aprovecharla al máximo. El Consejo nunca aprobará esa decisión, carente hoy por hoy de fundamentos. Sé que esto no es de tu agrado, pero espero que lo entiendas y sobre todo, lo medites.

Se hizo un breve silencio. El maestro tomó un sorbo de agua, indicando con este gesto que su argumentación había concluido. Heracles tenía sus ojos clavados en los de su maestro. Apenas se atrevía a pronunciar palabra.

– Algo en mi interior me decía que... – Susurró Heracles.

– Era la lógica que se aloja en tu subconsciente. La que te decía que has de obrar correctamente y que esa decisión es errónea. – le interrumpió el maestro, en un intento desesperado de ahorrarle a su amigo un sufrimiento mayor – De todas formas, estaré encantado de responder a todas tus dudas el tiempo que sea necesario.

— No se preocupe. Está todo muy claro y entendido sobradamente. Me someto a la decisión del Consejo, y sobre todo, a los sabios consejos de mi Maestro.

— Pues bien, mañana has de ir al Centro de Enseñanza Superior, para dar una charla a los nuevos aspirantes a miembros del Consejo.

— Sí, lo sé. Y tal y como usted hizo conmigo, debo prepararme para elegir a un joven discípulo. Lo recuerdo muy bien — Dijo Heracles con una sonrisa.

El maestro también sonrió, y con su habitual palmada en los hombros, le dijo:

— Nada más verte, y a lo largo de mis charlas, día a día me di cuenta de que eras tú el que podía ser mi discípulo… Y ahora sé que no me equivoqué. Cuando me marche, lo haré feliz, sabedor de que dejo mi sillón a un digno sucesor que conducirá a nuestra especie por el camino de la perfección.

— ¿Cuánto más de perfectos hemos de ser, Maestro?

— Hasta que la luz de tu ser no necesite de un cuerpo físico para su existencia.

— Pero eso es aceptar la teoría de la reencarnación como un hecho científico.

— Para mí es un hecho científico, pero también es algo que como no te puedo demostrar, yo mismo me he vetado explicarte.

– Si aceptamos como válida esa teoría, los que parten hacia Gnomo World no pueden reencarnarse.

– Ellos no lo necesitan, pues ya gozan de la Vida Eterna.

– Está bien Maestro. Meditaré sobre todo ello y sobre la reencarnación.

– No olvides una cosa. Y con esto ya no me quiero extender más, que mis gastados huesos necesitan descansar. Posiblemente, la clave de todo esté en Möbius.

6

Nada más entrar en su apartamento, Heracles se conectó a Genome Universe, estaba ansioso por compartir el resto del día con su amada Atenea.

— Hola tesoro.

— Hola mi amor ¿Qué tal tu día? — Preguntó Atenea.

— Bien. Hemos tenido una larga y pesada reunión del Consejo.

— ¿Estás muy cansado?

— No, mi vida. Aunque los miembros del Consejo siempre solemos aportar más de las cuatro horas de nuestro tiempo para trabajar en pro de la sociedad, la verdad es que no estoy cansado. Me mantenía relajado la esperanza de llegar a casa y poder contactar contigo.

— Ven, sígueme, que quiero enseñarte una cosa.

Con un chasquido, Atenea se teletransportó llevando consigo al avatar de Heracles. Al volver la imagen, ante sus ojos apareció un hermoso bosque de una sorprendente policromía y exuberante vegetación. Unos pajarillos revoloteaban graciosamente sobre las copas de los árboles, ofreciendo una magnífica melodía con sus trinos, que se conjuntaban con el lejano sonido del agua de una cascada multicolor, destellante por los reflejos del sol. En uno de los claros del bosque, Atenea sacó de la nada una suave y mullida alfombra y ambos se sentaron sobre la misma. Heracles la rodeó con sus brazos y comenzó a besar su cuello. Para él, sólo era la imagen de dos avatares abrazados en medio de un espacio, pero Atenea podía sentir los latidos de su corazón y el dulce y tierno roce de los labios de su amado. Lenta y pausadamente, se fundieron en una ardorosa pasión. Mientras Atenea gemía de placer; Heracles, desde la soledad de su habitación, lloraba desconsolado. Realizando un esfuerzo sobrehumano por intentar que no le delatase la voz.

Después de más de cinco horas de pasión, risas y bromas, se despidieron. Heracles no fue capaz de decirle lo que había estado hablando con su maestro y la decisión que el Consejo había tomado sobre su partida. No obstante, Atenea sabía muy bien que el silencio de éste no significaba nada bueno y no quiso estropear aquella maravillosa tarde.

Tras salir de Genome Universe, Heracles dio un golpe en la mesa y se puso a llorar amargamente, aflorando toda la desolación que había tenido que reprimir delante de Atenea.

La susurrante voz de su Unidad U.C.I., le sacó de su angustia:

– Heracles. Tienes una llamada de tu maestro.

– Pásamela aquí.

– Hola Heracles.

– Hola Maestro.

– Te llamo para decirte, que mañana has de ir al Centro de Enseñanza a dar una charla a los nuevos aspirantes al Consejo. Me lo acaban de comunicar. Sobre las nueve treinta de la mañana, en el aula B-18.

– Bien. ¿Sobre qué les hablo?

– Aunque ellos ya lo habrán estudiado, es muy importante que les hables sobre las principales causas de la Gran Hecatombe, la supervivencia de los Trescientos Mil y los pilares en los que se fundamenta nuestra sociedad. Puedes extenderte todo lo que quieras. Además, eso te servirá para ir preseleccionando a tu nuevo discípulo. Búscalo en aquellos que más atención presten y ve descartando a los que les notes apatía, aburrimiento o incluso se lleguen a dormir.

– Sí. Recuerdo muy bien esa prueba Maestro. Nos tuvo tres horas con ese tema.

– Y fuiste el único que no se durmió, y que además al terminar, aún hizo varias preguntas.

– Me encantó su oratoria y la forma de exponerlo.

– Bien. Pues ya me contarás cómo salió todo.

– De acuerdo Maestro.

– Y con respecto a lo de esta mañana. ¿Qué tal estás? ¿Necesitas que sigamos hablando?

– No Maestro. Ha quedado todo muy claro, no se preocupe. Sé que Atenea me esperará, y cincuenta años no son nada ante la Eternidad.

– Muy bien, veo que lo has comprendido. Pues ahora relájate, lávate esos ojos rojos y apaga el llanto, que La Humanidad espera que des de ti lo mejor.

– Descuide Maestro. No le defraudaré.

– Sé que no lo harás.

Terminada la conversación, Heracles sin más pérdida de tiempo comenzó a recopilar unos apuntes, para poder ofrecer una mayor argumentación en la charla que debía de dar a los nuevos aspirantes a miembros del Consejo. Jóvenes hombres y mujeres de no más de dieciocho años, que desde su infancia habían sido cuidadosamente seleccionados por sus instructores, por su capacidad de inteligencia, probada bondad y honestidad.

En una sociedad donde el dinero, la avaricia y la vanidad del ser humano habían sido erradicados, así como el trabajo físico (ya que la construcción de casas, muebles o vehículos, eran efectuadas por complejas maquinas) el hombre se dedicaba al estudio y perfeccionamiento interior y a ser feliz. Las materias primas también eran extraídas y manipuladas por sofisticadas maquinas, y el ser humano miraba con esperanza hacia un mañana cada vez mejor. Sólo cuatro horas de cada día, durante cinco a la semana, se le exigía al hombre que ofreciera un servicio a la Comunidad, acorde a su capacidad e intelecto. El respeto por el trabajo de cada cual y el agradecimiento de la sociedad, era su mejor pago.

Al igual que Heracles tenía a su maestro, cada individuo tenía su propio guía, en la tarea que al cumplir los dieciocho años, se le asignaba. Y éste no dejaba de aprender hasta que su maestro alcanzaba una edad digna y su alumno adquiría la condición de maestro con un nuevo discípulo.

Atenea tenía la especialidad de elaboradora de alimentos. Tras su aparatoso accidente su maestro tuvo que buscar otro discípulo, y Heracles se encargó de cuidarla hasta su partida, pues ya habían adquirido un compromiso firme de pareja y su amor por ella le mantuvo a su lado.

Inmerso estaba Heracles en la recopilación de sus apuntes, cuando una duda le asaltó. Sabía muy bien que su maestro podía responder a esa pregunta, pero se temía la respuesta. Al ser de origen teológico, sabía que sólo le entregaría algunos escritos sobre el asunto. Evitando así el pacto de no interferir en las decisiones teológicas y de creencia alguna, que los antiguos Trescientos Mil habían redactado en las normas fundamentales de la nueva sociedad.

La principal era: "Haz lo que quieras, sin dañar a nadie". Y una de las subnormas que se desprendían, era la de no interferir en las ideas propias de cada individuo sobre temas religiosos. Si bien es cierto que se gozaba de forma individual de libertad religiosa, cada cual se informaba de forma particular sobre los temas que le pudieran interesar.

No obstante, Heracles necesitaba que su maestro le respondiera a una pregunta.

– Uci

– Dime Heracles – Susurró su unidad cibernética.

– Conéctame con mi Maestro.

En breves segundos, éste se encontraba en la línea de su video teléfono.

– Dime Heracles ¿Alguna duda sobre tu charla?

– Tengo una pregunta.

– Tú dirás.

– ¿Después de la Gran Hecatombe, sólo sobrevivieron los Trescientos Mil, tal y como se especifica en "El Apocalipsis" de la Biblia Católica?

– Eso no es del todo cierto. Si la memoria no me falla, en la Biblia se especifica que fueron ciento cuarenta y seis mil, pero ya sabes que si es de tema teológico, sólo te puedo recomendar algún escrito.

– No Maestro, no es necesario. Sólo es una simple pregunta.

– Pues dime, a ver si te la puedo responder.

– Cuando la Gran Hecatombe, la población mundial era de ocho mil millones de habitantes. Si damos por válida la teoría de la reencarnación y sólo sobrevivieron los Trescientos Mil ¿Qué ocurrió con el resto de los espíritus? Además, ahora sólo somos mil millones de habitantes.

– Eso da pie a otras teorías. Como la existencia del limbo, de los espíritus errantes o de los fantasmas. Así como de la Teoría de la Evolución. Energías ocupadas por animales, que posteriormente fueron ocupando cuerpos humanos. Existen diversos escritos sobre este tema y que podrás encontrar en la red bibliográfica. Con respecto a que sólo somos mil millones, estoy convencido de que con otro milenio más, triplicaremos esa cifra.

– Efectivamente Maestro. Pero si antes de morir o incluso nada más morir, nos metemos en una vaina y nos adentramos en la Vida Eterna de Gnomo World, estamos vetando nuestra propia reencarnación.

– Ese fue uno de los principales motivos por los que se prohibió la clonación. Sin embargo, Gnomo World lo único que hace es alargar nuestra vida de una forma especial. El hombre tiene derecho a vivir eternamente, y hasta ahora, esa es la única forma en que lo hemos conseguido. Por el momento siguen naciendo niños, y nuevos espíritus van ocupando los nuevos cuerpos. Pero recuerda, eso es siempre según mis creencias.

– Gracias por la información Maestro.

– De nada. Sólo recuerda que la verdadera creencia, el verdadero poder, el propio Dios, se encuentra dentro de ti. Y es allí donde has de buscarlo.

Tras la conversación, Heracles siguió profundizando en la búsqueda de información. Las explicaciones de su maestro le habían servido de mucho. Pero sobre Möbius, (el teorema cuyo principio había solucionado los problemas de las fuentes de energía, al descubrir el principio fundamental del movimiento continuo) aún no terminaba de ver algunos aspectos de los que su maestro le había hablado. Se sintió cansado. Dio las órdenes pertinentes a Uci para ser despertado y se sumergió en un profundo, alterado y confuso sueño, lleno de esperanzas e incógnitas.

Con pasos indecisos, entró en la estancia contigua y se dejó caer en un cómodo sillón anatómico mientras jadeaba. Miró la ciberpantalla de xenón plasma de su ordenador.

— Activar escáner de salud — Ordenó el anciano maestro con la voz entrecortada.

Una luz infrarroja se posó sobre su cabeza y comenzó a revolotear de forma aparentemente aleatoria por su cuerpo.

— Póngase cómodo y relájese. Activado el proceso regenerativo. Tiempo estimado, cuarenta y cinco minutos — Dijo una extraña voz metálica, cuyo sonido parecía provenir desde todos los rincones de la casa.

— Canal privado — Pidió el maestro, mientras cerraba los ojos y se acomodaba plácidamente en su sillón.

Una melodiosa música de origen celta, cuya composición se perdía en la noche de los tiempos, penetraba por sus oídos.

Mientras el escáner de salud ejecutaba su función, el maestro visualizó un hermoso prado verde rodeado de montes y valles, cuyo único techo era un resplandeciente cielo azul. Sentía cómo la suave brisa acariciaba lentamente su rostro, meciendo los cortos pelos de su blanca barba.

Frente a él una pequeña atalaya en forma de cubo, de no más de un metro veinte de alto y noventa y cinco centímetros de ancho, fabricado de tosca madera sin tratar ni pulir. En la base superior, una especie de tapete de color negro que se dejaba caer por la parte delantera, en cuyo centro había una plateada estrella de cinco puntas rodeada por un círculo con la misma tonalidad.

Coronando el singular altar, un candelabro dorado de siete brazos portaba diversas velas. Tres velas blancas situadas a la parte derecha, tres velas negras situadas en la parte izquierda, y en el centro una vela de color dorado, como símbolo de unión y equilibrio entre las dos fuerzas.

Al lado del citado candelabro, un pequeño marco plateado emulaba la tabla de unión de invocación a los elementos, con las enoquianas palabras: "EXARP, HCOMA, NANTA, BITOM" (Aire, Agua, Tierra y Fuego). Un ovalado plato de madera con la estrella de cinco puntas, rodeado por varios sigilos y extraños símbolos. Un cáliz de cristal, pintado toscamente de color azul. Una pequeña vara de aspecto fálico, decorada con tonos rojizos similares al fuego y una daga de dos filos en forma de cruz, con empuñadura de madera pintada de color amarillo. Mentalmente, y sumergido en la mágica visualización, el anciano maestro se colocó frente al citado altar.

Vestido con su peculiar túnica Tau, entreabrió las piernas y colocó los brazos en cruz. A su alrededor, unas pequeñas luces comenzaron a zigzaguear desde los extremos de sus pies hasta la cabeza, formándose una llameante estrella de cinco puntas. Una lengua de fuego rodeó cada una de las puntas, encerrando la citada estrella en un majestuoso círculo.

Desde lo más profundo de su corazón, sintió como se desprendía de todo lo material; de su cuerpo físico, de su mente consciente, quedando libre su energía vital.

– Yo invoco el poder de mi SER SUPERIOR, unido en mi esfera mística en perfecta comunión con el SER SUPREMO. Una única fuerza, un solo poder, un único ser. Me desprendo de todo lo material y superfluo y limpio mi espíritu de las impurezas de la vida material. "Yo soy la razón, dice lo Eterno". Guíame con tu luz por el camino de la sabiduría pura, honestidad, humildad y amor.

Mientras el escáner de salud proseguía ejecutando su programa, el anciano maestro continuaba con sus invocaciones.

– Escaneado y reparación finalizados – dijo la voz metálica – Se aconseja visite urgentemente su centro de salud más próximo. Enviando datos del escaneado a su departamento de salud asignado.

– ¡Pamplinas! Siempre la misma frase – Rezongó el maestro mientras se levantaba torpemente.

Se dirigió a su habitación, se tumbó en la cama y lentamente se quedó dormido.

7

— **A**lgunos os preguntareis, cómo era realmente la sociedad antes de la Gran Hecatombe. Al margen de lo que los Trescientos Mil dejaron en sus escritos, cabe analizar cuales fueron los principales motivos y causas de la destrucción de aquella antigua sociedad.

De esta forma comenzaba Heracles su charla en el Centro de Enseñanza.

Veinte alumnos, cuidadosamente seleccionados, podrían llegar a ser destacados miembros del Consejo de Sabios. Aún les quedaba mucho camino por recorrer, y parte de ese camino consistía en que uno de ellos tendría la posibilidad de pasar a ser su discípulo.

— Unos pensareis que fue obra de la mano divina, otros, la casualidad o el destino. Particularmente, me limitaré a informaros de que las principales causas fueron; la vanidad, la avaricia y el egocentrismo del hombre de aquella época. Los animales luchan por su propia supervivencia, por mantener el liderazgo y el dominio de sus territorios. Por aquel entonces el ser humano, a pesar de que demostró un alto grado de inteligencia, con grandes logros en la ciencia y en la tecnología, no consiguió vivir en paz. El mayor problema: Los intereses económicos.

Tenían una cosa que se llamaba dinero, y por él, la gente llegaba a matar.

Los gobernantes eran déspotas. Les gustaba vivir en la opulencia mientras los más desfavorecidos trabajaban duramente para poder comer, y en múltiples ocasiones recibían tratos vejatorios. Incluso, millones de personas morían de hambre mientras otros malgastaban su fortuna, conseguida a costa del sudor y la sangre de sus semejantes. Hubo un tiempo en el que el sometimiento se conseguía por medio del látigo. Posteriormente se cambio el látigo por palabras demagógicas, llenas de falsas promesas y engaños. Más del ochenta por ciento de la población vivía en la miseria, soportando duras jornadas de trabajo y percibiendo unos escasos emolumentos, para que los gobernantes y las potencias económicas pudieran vivir bien.

Uno de los discípulos levantó la mano. Heracles se dirigió a él y le dijo:

— Dígame, alumno.

— Buenos días Maestro. Me llamo Bastian. Y nada me gustaría más que servir en el Consejo de Sabios. Sabedor de que usted iba a venir a darnos esta charla, me preparé unas notas de vocabulario porque creo que muchos de nosotros, hay algunas palabras de las que usted ha pronunciado, que nunca hemos escuchado.

— Dígame cuales — Contestó Heracles, un tanto extrañado de que unos alumnos de último curso no supieran el significado de algunas de las palabras.

— Demagógicas y Emolumentos.

– ¿Alguien conoce el significado de estas dos palabras? – preguntó Heracles, mientras escaneaba la sala en busca de alguna respuesta. Nadie respondió.

– Usar palabras demagógicas. Proviene de la palabra demagogia, cuyo significado es: "El uso político de halagos o falsas promesas para conseguir el favor del pueblo, o la manipulación deliberada con falsos testimonios o promesas, para ganarse la confianza de alguien". Respecto a la palabra emolumento "Es el salario o paga que se percibe derivado de un trabajo". ¿Les quedó claro?

– Sí Maestro – respondió el discípulo Bastian – Era lógico que no conociéramos esas palabras. En nuestra actual sociedad no se utilizan ni la demagogia ni los emolumentos.

– Así es. Por eso mismo nuestra sociedad avanza hacia un mundo perfecto, donde el ser humano utiliza su inteligencia para vivir en paz y buscar la felicidad de todos.

Antes de continuar... Imagino que todos saben el significado de Dictadura, República, Imperio, Monarquía o Democracia.

– ¡Sí Maestro! – Respondió toda la clase.

– Bien. Pues finalmente, la democracia era el único régimen político que gobernaba el mundo. Como todos ustedes saben, significa "gobierno del pueblo". Pero resultó ser, por culpa de la vanidad y avaricia del hombre, el sistema más demagógico y destructivo. Esto condujo al mundo entero, a que unos pocos vivieran en la opulencia (poco más de un quince por ciento).

Gobernantes y grandes magnates de las finanzas, que se empeñaban en abaratar la mano de obra llegando casi a la esclavitud. Mientras la inteligencia del hombre iba en aumento, está avanzaba de forma inversamente proporcional a mejorar la calidad de vida del restante ochenta y cinco por ciento. Se llegó a tal extremo de avaricia, que los poderosos inventaban enfermedades víricas para someter al pueblo a la necesidad de la supervivencia, y fue entonces... – Heracles se detuvo un momento. Tentado estaba de utilizar lo que había leído en La Biblia sobre los cuatro jinetes del Apocalipsis... Y pensó: "Y vi un caballo Bermejo, y al que lo montaba le fue dado poder de quitar de la Tierra la paz, y que se matasen unos a otros..." Miré y vi un caballo amarillo y el que lo montaba tenía por nombre muerte, y el Hades le seguía y le fue dada potestad para matar sobre la cuarta parte de la Tierra con espada, con hambre... (Apocalipsis de San Juan).

Respiró profundamente, tomó un sorbo de agua y continuó – Y fue entonces cuando una de estas infecciones se les fue de las manos. Y entre las guerras, las catástrofes naturales y las enfermedades, desapareció la Humanidad en medio de una enorme epidemia.

Se desconoce por qué a lo largo de todo nuestro Planeta sobrevivieron sólo trescientos mil. Algo impidió que esta plaga les afectase. Y ellos, perfectos conocedores del desastre y las causas que llevaron a la aniquilación del ser humano, eliminaron todas las trabas. Un solo idioma, una sola forma de vida, un solo fin... la supervivencia feliz. Todos iguales, sin distinción entre hombres y mujeres. Un reparto equitativo de las tareas con respecto a su intelecto, el respeto por el prójimo. El fuerte ayudando al débil y protegiéndolo, no sometiéndolo. Y así el hombre, principal causante de su propia destrucción, construyó su Jardín del Edén. El resto, lo conocerán en los libros de historia antigua. Son los valores en los que se fundamenta nuestra sociedad actual.

Al término de su charla, todos los discípulos le bombardearon con un sin fin de preguntas, a las cuales respondió dando muestra de su gran preparación y sabiduría como miembro del Consejo de Sabios. Fue entonces cuando se fijó en el joven Bastian. A la salida, Heracles le llamó y le invitó a una charla en uno de los salones del Centro de Enseñanza.

El joven Bastian apenas contaba con diecinueve años de edad. Se le veía un joven ávido de aprendizaje, y en sus ojos se reflejaba su enorme potencial e inteligencia. Muchacho diminuto y enclenque, pero con un enorme poder de oratoria.

Aunque Heracles acababa de cumplir los veintiséis años, la vejez y la deteriorada salud de su maestro, le obligaban a ir seleccionado un futuro discípulo para ocupar su sillón en el Consejo. Aunque su corazón estaba roto por la lógica negativa del Consejo, debía de hacer frente a sus obligaciones en pro del bienestar de la Humanidad, tal y como dictaba una de las normas fundamentales de La Tabla Lógica de La Sociedad: "el bienestar de la mayoría, supera al de la minoría." Por lo tanto, se hacía necesario entrevistar a Bastian como posible candidato.

Durante la entrevista, Heracles sometió a su futuro discípulo a varias preguntas. En sus respuestas, Bastian dio claro ejemplo de humildad, sencillez y sabiduría. Le llamó poderosamente la atención que la madre de Bastian fuera una eminente científica en medicina, y también andaba buscando un discípulo. Su padre era un técnico en mantenimiento energético. Hombre sencillo, bueno y humilde, que no había superado muchas de las pruebas de los test de inteligencia, pero que se sentía orgulloso de que su hijo estuviera a las puertas de entrar en el Gran Consejo de Sabios.

Según argumentó Bastian. Desde pequeño, su padre le enseñó que "no importa la tarea que ejecutes durante tus cuatro horas de servicio a la sociedad. Lo que verdaderamente importa, es que lo hagas desde lo más profundo de tu corazón y sabiendo que es el bien para todos"

Heracles añadió con una sonrisa:

– Y si a esto le pones una pizca de amor hacia tu prójimo, te saldrá aún mejor.

De la forma más cortés y ceremoniosa, Heracles se despidió de Bastian, indicándole que volvería a tener noticias suyas. Al cruzar el dintel de la puerta, con un leve guiño le señaló una inscripción que había sobre una pequeña placa metálica "Ama, cuida y protege al débil, como te gustaría que lo hicieran contigo".

Aunque los recordaba bien por su estancia en la misma escuela, mientras se dirigía por los pasillos hasta la salida del Centro de Enseñanza, se entretuvo leyendo los distintos carteles metálicos que figuraban en el pasillo

"Toma lo que necesites y el resto siempre lo tendrás", "Todo es tuyo y de los demás", "La humildad te hará fuerte y seguro".

Al salir del centro, Heracles suspiró profundamente. Con la suave brisa, el aire puro penetró en su interior y su mente se trasportó hacia su amada Atenea. Tenía el resto del día libre. Sus cuatro horas de servicio habían concluido.

Cogió un auto trasporte y se dirigió hacia su departamento. Durante el viaje, se relajó viendo cómo en algunas zonas, grandes máquinas construían con gran precisión los bloques de viviendas y apartamentos, manejadas por dos hombres: Maestro y discípulo. Cada cuatro horas, se efectuaba un cambio de turno.

No tenía hambre, por lo que no vio la necesidad de ir a un centro de ingesta de alimentos. Siempre podía preparar algo de lo que normalmente tenía en su departamento, y en caso de faltarle, algún vecino le podría aprovisionar o dirigirse al centro de ingesta que siempre estaba abierto.

Respiró. La sociedad era perfecta, todo estaba bien, la Humanidad entera era feliz. Pensó que su vida aquí no era necesaria y que podía ser reemplazado eficazmente. Pero también sabía que el Consejo había obrado con prudencia. Si se hacía una excepción con él, se corría el peligro de que a pesar de ser felices en la Tierra, la idea de alcanzar la inmediata Eternidad podría suponer un gran éxodo.

Cada vez eran más las personas que tenían algún ser querido en GW. Además, la elaboración de las vainas requería de un lento y sofisticado proceso, y antes estaban las personas mayores y enfermos terminales. "El bienestar de la mayoría supera al de la minoría". Esto Atenea lo entendería, y nada más llegar a su casa se lo haría saber.

A punto estaba de hacerlo, cuando recibió la llamada de su maestro.

— Dígame Maestro.

— Heracles. Te llamo porque mi partida está cercana. Mañana entraré en una vaina que será almacenada hasta que en un par de meses me lancen al Espacio.

— ¿Y eso por qué Maestro?

— En estos momentos estoy conectado a un respirador artificial. Mi débil corazón ya no aguanta más, por lo que mañana a primera hora se dispondrá todo para mi partida hacia Gnomo World. Pero antes me gustaría hablar contigo y darte mis últimas enseñanzas.

— ¿Dónde está?

— Me encuentro en el Centro de Salud del sector doscientos treinta y ocho.

— Voy hacia allí, Maestro.

Tras indicar la nueva coordenada al auto transporte, se dirigió al lugar donde le esperaba su moribundo maestro.

Al llegar, el maestro se hallaba tendido en una cama. A sus pies, una de las vainas preparadas. El aspecto alargado y semicircular de la misma, ofrecía una visión tétrica, semejante a la de un féretro fúnebre. Sin embargo, en su interior se albergaba la Vida Eterna.

Rápidamente se sentó a su lado, besó su tez pálida y le cogió de la mano.

— Ya estoy aquí Maestro.

— Me alegra verte, mi joven amigo. Cuando Atenea partió, pensé que tú serías la única persona que vendría a despedirme.

— Lo sé Maestro. Siempre me ha apenado su soledad.

— Desde que mi esposa falleció, quedé solo en el mundo. No tuve la suerte de tener hijos. Y tú, has sido para mí algo más que mi discípulo.

— Gracias Maestro. Incluso mis padres, han sentido unos pequeños celos por el aprecio que siempre le he tenido.

— Por esa misma razón has de permanecer aquí. Cuida de ellos y procura que tengan un feliz trance hacia GW.

— No se preocupe Maestro. A pesar de que viven en otro meridiano, viajo muchas veces a verles y sé que están bien y son felices.

— Tienes un trabajo muy importante que hacer aquí. Elije bien a tu discípulo e instrúyelo con el cariño y la dedicación con que yo lo he hecho contigo. Siempre podrás contactar conmigo a través de Genome Universe. Pero en muchos momentos estarás solo. Ahora no tengo tiempo de explicarte, pero hay unos problemas con el Sol que me preocupan. Algunos miembros del Consejo dicen que sólo son simples manchas solares, y sin embargo, un científico me ha dicho que puede ser algo mas grave.

La jadeante respiración del maestro, se hizo más profunda.

— Descanse Maestro. No haga esfuerzos.

— Ahora ya da igual. Estoy a punto de partir. No dejes de prestar atención a ello. Ponte en contacto con el Dr. Galius, de la ciudad Meridiano Cuarenta y Uno. Él te informará.

Nuevamente, la dificultad de respiración se acrecentó en el anciano.

Un médico se acercó y les dijo:

— Es mejor que descanse. Voy a sedarle, no quiero que sufra. En cuanto tengamos la vaina totalmente preparada, le introduciremos en la misma. No es necesario esperar hasta mañana.

— ¿Puedo quedarme aquí con él? — Preguntó Heracles angustiado.

— Sí. No hay problema. En ese sillón podrá descansar.

Dicho esto, el médico le buscó la yugular con los dedos, y con un certero chasquido, le inyectó una dosis tranquilizante al cansado maestro.

Al rato, y bajo la atenta mirada de Heracles, el anciano se fue quedando dormido.

— ¿Se volverá a despertar? — Preguntó Heracles.

Sí. Calculo que en unas tres horas la vaina estará totalmente operativa. La dosis que le he puesto le hará dormir ese tiempo, luego cuando despierte, ya le inyectaré la cantidad necesaria para el tránsito.

— ¿Cuánto suele durar?

– Normalmente el proceso dura unas cinco horas, y cuando se despiertan a las ocho horas, ya lo hacen sin el menor trauma en Gnomo World. Es un tránsito placentero.

Lentamente, el maestro quedó sumido en un profundo sueño. Heracles besó su frente, le cogió de la mano y allí quedó inmóvil, mientras dos lágrimas de tristeza se deslizaban por sus mejillas.

El médico le puso las manos sobre el hombro y le susurró:

– Hacía meses que no superaba los scaner de salud, y estos eran incapaces de ir reparando los daños.

– Así es. Mi Maestro sirvió a la Humanidad hasta su último suspiro.

Habían pasado poco más de tres horas y Heracles seguía con la mirada perdida en el vacío, mientras entre sus manos mantenía la decrépita mano de su maestro. Lentamente, éste fue recobrando la consciencia. Abrió los ojos y miró a Heracles.

– Mi joven amigo ¿Por qué no te fuiste a descansar?

– No pude Maestro. Preferí quedarme aquí, esperando a que despertara.

El maestro, con manos temblorosas, se quitó el anillo que llevaba en el dedo índice y se lo entregó a Heracles.

– Tómalo. Allí donde voy ya me procuraré otro. Quiero que lo tengas.

– Gracias Maestro. Siempre me llamó la atención este símbolo. Es el mismo que lleva en su túnica, en la parte de la nuca.

– Nunca me preguntaste por su significado.

– Pensé que no me hablaría de ello. Pero busqué información, y la poca que encontré, se pierde en los tiempos más remotos. Sé que es un símbolo esotérico de los antiguos Magos Elementales.

– Así es, mi querido Heracles.

– Nunca creí posible que la magia existiera. Para mí es como una especie de religión pagana.

– Si algún día decides buscar el poder de la magia de los Magos Elementales, no la busques en los libros. Mira dentro de ti mismo. Allí es donde la hallarás, junto a Dios.

En ese momento, entró el médico con el inyector de dosis en la mano.

– Ya es la hora. Todo está preparado, y no creo necesario demorar más la partida.

– Entonces proceda – Dijo el anciano con gran decisión.

El médico, tras palpar levemente su yugular, le acercó el inyector; y con un chasquido, le aplicó la dosis requerida para el tránsito.

– Adiós, mi joven amigo. Recuerda que no estaré más lejos de ti que de tu corazón – Con una leve sonrisa añadió – y de tu ciber pantalla.

– Adiós Maestro – Se despidió Heracles, besando su mano – Hasta que la Eternidad nos alcance.

– Bellas palabras amigo, bellas palabras. Con ellas me quedo.

Tras esa frase, los ojos del anciano se cerraron, quedando profundamente dormido.

Acto seguido, el médico pulsó un resorte. Y el mismo ritual de partida de su amada Atenea, se inició ante sus húmedos ojos.

– ¿Qué ocurrirá una vez cerrada la vaina?

– Permanecerá aquí en nuestros depósitos, junto con otras, hasta el próximo lanzamiento dentro de un par de meses. Calculo que en unas cinco o seis horas ya se podrá contactar con él. ¿Tiene familia allí para que lo reciban y orienten, o enviamos a alguien?

– No se preocupe. Yo avisaré para que se le reciba en familia.

Heracles salió del Centro de Salud y se dirigió a su casa para avisar a Atenea de la llegada del maestro. Al mismo tiempo, aprovecharía la circunstancia para decirle que por el momento debía de quedarse, porque el consejo así lo requería

Un pequeño escalofrío recorrió todo su desnudo cuerpo. Abrió los ojos, su visión era perfecta. Se miró de arriba abajo, y al margen de ver un escultural cuerpo, sintió la fuerza y la potencia de sus fornidas piernas, duros y tersos músculos abdominales y poderosos pectorales y brazos. No tenía barba y un ondulado pelo rubio se arremolinaba en su cabeza.

Sus azules ojos vieron acercarse a Atenea y sus padres, seguidos por el avatar de Heracles.

– ¡Maestro, Maestro! – Gritó con ansia su incondicional discípulo.

El maestro, tras una carcajada de felicidad, gritó:

– ¡Hola amigos!

Pero no me llames maestro. Aquí llámame por mi verdadero nombre.

– ¿Cómo hemos de llamarle? – Preguntó Atenea al que siempre había conocido como el Maestro.

El maestro alzó la mirada hacia el cielo, respiró profundamente y dijo:

– Mi nombre es Proteo.

8

El anciano doctor Zeus, llamó a su discípulo. Éste, se encontraba en la parte baja del observatorio preparando los alimentos. Hacía dos horas que habían iniciado su turno de trabajo, y lo que aparecía en la pantalla del observador de ciber plasma, no le gustaba nada.

— ¡Hermes, sube. Ven a ver esto! — Gritó el Dr. Zeus.

Hermes subió los escalones de dos en dos. El tono de su maestro no presagiaba nada bueno. En más de diez años que llevaba trabajando con él, el sosiego y la tranquilidad eran la constante en su trabajo.

— ¿Qué ocurre Maestro?

— Mira. Aquí tienes la explicación al terrible calor que estamos sufriendo estos días.

— ¡Madre mía! Esa mancha es diez veces mayor que la distancia de la Tierra a la Luna.

— Es de hace ocho días, y se están produciendo nuevas manchas del mismo calibre.

Con gran precisión matemática, Hermes se puso a efectuar unos cálculos.

— No puede ser, Maestro. En algo debo de haberme equivocado. Esto no puede estar sucediendo.

– Desgraciadamente no te equivocas. Esos mismos cálculos los hizo hace meses el Dr. Galius. Me los envió para ver si podíamos coincidir en los mismos. Y coincidimos en todo.

– No puede ser, Maestro. Debe de haber algún error.

– ¿Error? Un gran físico y matemático puede cometer un error. Dos, es prácticamente imposible que se equivoquen. Pero lo que ya es totalmente imposible, es que tú también hubieras cometido el mismo error.

– ¿Entonces Maestro... estamos ante...?

– Sí, Hermes. Estamos ante una inminente Supernova.

Hermes, se puso nuevamente a efectuar unos cálculos. El maestro se sentó frente a otro ordenador y se dispuso a introducir nuevos datos. En unos diez minutos ambos tenían un resultado. El maestro pulsó una tecla y se puso en contacto con su docto colega Galius.

– Dime, Zeus. Esperaba tu llamada.

– Seis meses – Dijo el maestro.

– Sí, sólo seis meses – Afirmó Galius.

– Seis meses, ocho días y catorce horas – Corroboró Hermes.

– ¿Y qué vamos a hacer? – Dijo Zeus con gesto de preocupación.

– Poneos en contacto con uno de los miembros del Consejo, de la Ciudad Meridiano Treinta y Dos. Su nombre es Heracles. Hace unos días vino a visitarme, alertado por unas conversaciones que tuvo con su maestro, el cual ya partió hace tiempo en una vaina hacia

Gnomo World. A ver si entre todos somos capaces de encontrar una solución.

– De acuerdo – Dijo El Dr. Zeus.

Al terminar la conversación, observó cómo su discípulo estaba efectuando varios cálculos en su ordenador.

– ¿Qué haces Hermes? – Preguntó el maestro

– Maestro. He introducido varios datos, y es prácticamente imposible fabricar suficientes vainas y lanzarlas al espacio en tan sólo seis meses.

– Eso es lo que más me preocupa, pero debemos de hacer un esfuerzo y concentrar todas nuestras energías en ello. Es una posibilidad, aunque tampoco es segura.

– ¿Por qué dice eso, Maestro?

– Es evidente. Nos enfrentamos a una Supernova. Todo puede quedar destruido, incluidas las vainas.

– Tengo entendido que están preparadas para resistir…

– Nada puede resistir a una Supernova – Le interrumpió el maestro.

– ¿Y si partiéramos en una nave en el interior de una de las vainas, hasta alejarnos de nuestro sistema solar? Son totalmente autónomas y se pueden reagrupar formando su propio sistema y creando su propio entorno.

– Pero eso no soluciona el problema de la población mundial de mil millones de personas.

– Bueno, pero sí de unos cuantos – Dijo Hermes sin el menor titubeo.

– Eso es egoísmo. Tenemos que buscar otra solución.

– ¿Y si no la hay?

– Entonces, si crees que no la hay, te relevo de todas tus obligaciones. Puedes hacer lo que quieras. Consigue una vaina, una nave. Escapa tú solo, con tu familia, con tus seres más allegados. Yo me quedaré para salvar al resto de la Humanidad o morir con ellos.

En ese mismo momento, un ensordecedor zumbido les sacó de la discusión. El anciano maestro se sentó en su silla y se puso a estudiar los datos que aquella alarma le estaba enviando.

– ¡Dios mío! Una nueva erupción solar, y esta es mucho mayor que la que vivimos hace ocho días. En cuanto llegue a la Tierra, dentro de siete minutos más o menos, el calor que tenemos ahora aumentará.

Siguió efectuando nuevos cálculos – Doce grados más. Es decir, vamos a alcanzar temperaturas en algunos puntos de la Tierra, de más de cincuenta y tres grados.

Hermes sin decir nada, salió del observatorio. Cogió su vehículo y desapareció por la carretera ante los atónitos ojos de su maestro.

Mientras, la temperatura seguía en aumento. El sistema de refrigeración del observatorio aún funcionaba, lo que le permitía un tiempo para pensar qué hacer. Al mirar por la ventana, observó cómo del suelo se desprendía una especie de nube vaporosa que subía hasta el cielo. Tocó el doble cristal de la ventana y sintió el abrasador calor del exterior. Nuevamente, se giró hacia su escritorio y se dispuso a conectarse con otros colegas. Necesitaba corroborar toda esa información.

Pero nada funcionaba. Las comunicaciones estaban interrumpidas. El sistema de ordenadores empezó a fallar.

Era evidente. La Tierra no estaba preparada para afrontar el inmenso calor que se avecinaba y la fatal erupción solar estaba llegando con toda su potencia. Y eso sólo era el principio. Los primeros fotones, a la velocidad de la luz tardaban en surcar el espacio unos ocho minutos, y con ellos llegaban los primeros aumentos de temperatura. Pero el tremendo calor de la cruel llamarada, traería en los próximos días mayores consecuencias.

El calor se adentraba cada vez más y más en la atmósfera. Hermes circulaba con su vehículo a toda velocidad. El aire acondicionado del mismo, no era suficiente para aplacar la alta temperatura del exterior. Irremediablemente, los grados seguían en aumento.

Al final de la pequeña carretera que comunicaba el observatorio con la vía principal, observó cómo tres personas intentaban tomar uno de los mini transportes públicos que circulaban de forma autónoma para el servicio de la población. Pero el tremendo calor lo había averiado. Estos le hicieron señas para que se detuviera. Al llegar a su altura, su enloquecido miedo le hizo reflexionar, necesitaba llegar lo antes posible a uno de los centros de fabricación de vainas. Tenía que acceder a una de ellas. El terror se apoderaba de él, y en su mente sólo había una idea: llegar a una de las vainas. Las tres personas insistieron nuevamente para que se detuviera, pero Hermes estaba muy asustado para reflexionar de forma positiva y aceleró la marcha. Mientras pasaba junto a ellos, vio con horror sus enrojecidas caras. Un intenso sudor empapaba sus ropas. Y allí quedaron los tres, viendo cómo se alejaba su esperanzador vehículo.

En poco más de media hora, entraba a toda velocidad en el aparcamiento de la factoría de vainas. El tremendo calor era asfixiante. No había vehículos. Todo parecía estar desierto. Bajó del coche dejándolo en medio de la puerta y se metió en el interior de la fábrica. Todo estaba en silencio. El calor se concentraba con mayor fuerza bajo el tejado del almacén.

Tras forzar un par de puertas, se adentró en una estancia donde se almacenaban las vainas ya preparadas para ser utilizadas. Con gran pericia puso una de ellas en marcha. Hermes conocía muy bien su funcionamiento. Una vez activada, la vaina estaba lista para acoger a su huésped en más o menos tres horas. La espera se hizo interminable. El sudor y el intenso calor estuvieron a punto de hacerle perder el conocimiento. Pero para él, la única esperanza era esperar esas tres horas.

Una vez pasado ese tiempo, las dos compuertas se abrieron, y Hermes saltó a su interior y se acostó. Lentamente se fueron cerrando. Tras el leve "clic", la vaina quedó totalmente anclada y sellada.

Un tremendo alarido, apagado por el hermetismo de la vaina, fue el único sonido que se escuchó en su interior. El dolor era intenso, pues con una precisión matemática, miles de cables con punta de aguja comenzaron a penetrar en el interior de su cuerpo. Fue entonces cuando éste comprendió, el por qué se les dormía antes de introducirlos en el interior de la vaina. Pero nada podía hacer. Cable tras cable, se iban incrustando en su cerebro; perforándole los ojos, oídos, nariz, lengua. Fusionándose con sus terminaciones nerviosas, todos los sentidos quedaban unidos mediante finos y sofisticados cables. Sintió como se le desgarraba la piel, mientras un nuevo cable le destrozaba la médula espinal, quedando totalmente sustituida. El tremendo dolor y la destrucción de todos sus órganos, no le permitieron sentir cómo una especie de casco le cortaba la cara a la altura de la mandíbula, rodeándole toda la masa encefálica. En ese preciso momento perdió el conocimiento.

El dolor había desaparecido. Podía sentir la suave y cálida brisa. Al mirarse, se dio cuenta de que sólo era una luz vaporosa que desprendía un hermoso destello. Estaba en Gnomo World, pero en ese momento reparó en que se había introducido en la vaina sin elegir un nombre y un avatar. Todas sus funciones estaban activas, pero sólo era una luz brillante en mitad de un paisaje hermoso.

Nadie fue a recibirle. Desorientado y aturdido, comenzó a deambular en busca de alguien que le pudiera indicar cómo conseguir un cuerpo.

Al cabo de un rato, una linda muchacha pasó por su lado atraída por la extraña luz.

– Hola – Saludó la luz.

– Hola hermosa luz ¿Quién eres?

– Acabo de llegar. Creo que algo ha fallado en mi vaina y no tengo cuerpo – Dijo aquella luz, que antes se llamó Hermes.

El terrible trance que había pasado, cada vez le alejaba más de su antigua identidad.

– Ven, sígueme. Te llevaré al Centro de Atención al Recién Llegado. Allí seguro que alguien te puede ayudar. Yo me llamo Luna.

Mientras tanto en la Tierra, la situación cada vez era más caótica. Todos los sistemas estaban fallando, y todo parecía indicar, que la Humanidad se precipitaba hacia su propia destrucción. El Consejo de Sabios, debía de tomar la decisión de informar al resto de la población, del terrible final que se avecinaba.

9

Heracles insistía nuevamente. Los sistemas fallaban y la comunicación con Gnomo World era prácticamente imposible.

Tras el pesado calor de los últimos días, las tormentas habían proporcionado un respiro a la Humanidad. La alta preparación de sus técnicos, estaba consiguiendo que los soportes vitales más importantes comenzaran a funcionar. Pero el maestro Zeus ya se lo había advertido. El desastre final era inevitable.

El Consejo de Sabios había decidido enviar a Gnomo World a los físicos y maestros más destacados, entre los que se encontraban el doctor Galius y el maestro Zeus, con el fin de crear un gabinete de crisis y buscar soluciones para salvar al resto de la Humanidad. Varias naves se habían lanzado con las vainas almacenadas, incluidas la del maestro de Heracles y la de Hermes. Casi mil millones de personas dependían de los descubrimientos que este gabinete pudiera realizar. Era evidente, la solución se encontraba en GW.

En la Tierra nada se podía hacer, y el triste final que se avecinaba, ponía en peligro también el ciber universo de Gnomo World. El trabajo era agotador, y tarde o temprano, lo que en un principio se había determinado como manchas solares y fenómenos naturales que cursaban con tormentas cíclicas, se debería de pasar a contemplar como una cruel verdad.

El Mundo se enfrentaba a su destino final... Su total aniquilación.

— ¡Venga. Funciona! — Gritó Heracles.

Como si de un respiro se tratase, los sistemas volvieron a funcionar. Si bien no a pleno rendimiento, sí con la energía suficiente para poder conectar con Gnomo World.

El avatar de Heracles se formó en mitad de la casa donde solía residir Atenea. Ésta, al verle, se abalanzó sobre él.

— ¡Mi vida! — Gritó Atenea — Estaba muy preocupada por ti ¿Qué está pasando? Me ha dicho el Maestro que hay graves problemas en la Tierra.

— Así es, tesoro. Necesito contactar con él ahora mismo.

— Le acabo de enviar un aviso. Me dice que enseguida se teletransporta hacia aquí.

En pocos segundos, el maestro se hizo presente en la residencia de Atenea.

— ¡Heracles! — dijo el maestro Proteo mientras se abrazaba a él — Ya me informó el doctor Zeus de la situación.

Nada más llegar nos pusimos a trabajar, pero de momento los resultados no son muy alentadores.

— ¿Pero tú, cuando vendrás? — Preguntó Atenea.

– De momento sólo puedo esperar. He de quedarme aquí para ver cuántas personas puedo salvar – Respondió Heracles.

– La única solución es que aceleréis la fabricación de las vainas. Ya no es necesario el lanzamiento. Cuando empiece la Supernova todos seremos engullidos por su energía. Sólo cabe esperar que las vainas aguanten, y tras pasar el agujero negro que se produzca, nos podamos reagrupar – Intervino el maestro Proteo.

– ¿Qué posibilidades hay de que eso tenga éxito? – Preguntó Heracles.

– Ese dato lo desconocemos. Si bien las vainas están preparadas para afrontar temperaturas muy extremas, incluso las más cercanas al sol, no sabemos que ocurrirá frente a una Supernova.

– Heracles. Tú podrías venir aquí y trabajar para salvar a todos – Dijo Atenea, con un tono de voz inocente y llena de angustia.

– La lógica me dice que debería ir, pero la razón me lo impide y debo quedarme aquí hasta el último momento.

– Júrame, que en cuanto ya no sean necesarios tus servicios en la Tierra, vendrás.

– Te lo juro Atenea. Pero ahora el beneficio de la mayoría supera al de la minoría.

Dicho esto, Heracles desapareció del entorno de Gnomo, ante los asustados ojos de Atenea y la sorpresa de su maestro.

– ¡Proteo! ¿Qué ha ocurrido?

– Creo que hemos perdido la conexión con el servidor de la Tierra.

– ¿La recuperaremos?

– Confío en que sí.

Proteo, efectuó unos movimientos en el aire que a ojos de Atenea no significaban nada; pero para los suyos, se abrió una pantalla digital. Con gran pericia, empezó a intentar recuperar la conexión con Genome Universe

– Nada, no hay manera.

– Maestro – dijo Atenea – ¿Y si no volvemos a recuperar la conexión con la Tierra?

– Eso aún no lo sabemos. Vayamos a ver al maestro Zeus. Me ha enviado un mensaje. Necesita que hablemos.

Tras una leve señal con los dedos, ambos se tele transportaron.

– Hola Zeus – Saludaron al unísono Atenea y Proteo.

– ¿Qué es esa luz? – Preguntó Atenea.

– Esta luz es un problema que tenemos que resolver, porque sólo nos faltaba que ahora empezaran a fallar las vainas.

Lejos estaba de saber, que esa luz era su antiguo discípulo Hermes. Éste, mantenía en secreto su identidad de la Tierra, fingiendo una especie de amnesia.

– Es un anfitrión de una vaina, al que al parecer no se le cargaron los datos de su identidad, así como el avatar y el nombre.

– ¿Cómo te llamas? – Preguntó Proteo.

–No lo sé, no lo recuerdo – respondió la luz – En el hospital, al cerrarse la vaina perdí el conocimiento y ya no sé nada más.

Cuando lo conocí, acababa de llegar y estaba aturdido. No supo qué decirme – Informó Luna con cierto tono de inocencia – Pero si no tiene nombre y no lo recuerda, yo propongo que le llamemos Luz Bella.

– ¡Luz Bella! Es un nombre bonito, pero no sé si es apropiado para un hombre. Porque… eres un hombre – Se aventuró Atenea

– Sí, soy un hombre.

– Ya sé como llamarle. ¿Qué os parece Luz Bel? – Propuso Luna

10

Heracles insistía una y otra vez en conectar con Gnomo World, pero no había manera. No podía evitar pensar, que al fin y al cabo, éste sólo era un programa de ordenador que se incrustaba en el cerebro humano. ¿Qué ocurriría si fallara? La respuesta le atormentaba. Las vainas, eran capaces de mantener el cerebro de su huésped, vivo para toda la Eternidad. Si éstas fallasen, podrían quedar sumidos en un tormentoso coma. Pero en estos momentos, debía de alejar de su mente toda esa preocupación.

Miró por la ventana. La oscura noche se apoderaba de la ciudad, las luces no funcionaban y el calor era extremadamente asfixiante.

El Consejo de Sabios había agotado todas las existencias de vainas. Tras mucho meditarlo, no tuvo más remedio que informar a toda la Humanidad de que el fin del mundo era inminente. La reacción no se hizo esperar, y el pueblo se sumergió en una profunda desesperación. Muchos de ellos, optaron por intentar sobrevivir. Todas las naves espaciales habían partido hacia un futuro incierto, otros se quedaron en la Tierra, aceptando su destino final.

Heracles estuvo trabajando hasta que los sistemas dejaron de funcionar. Su única esperanza era poder conectar con Gnomo World.

Por las noches, cuando el agotamiento extremo y el calor no le dejaban dormir, se refugiaba en la lectura de un libro que había encontrado hacía tiempo y nunca se había tomado la molestia de leer.

Era de los pocos libros que se conservaban en la edición de papel, por lo que para él, tenía más valor como objeto arqueológico.

No obstante, y dado que los lectores de libros electrónicos también fallaban al no poder contactar con las ciber bibliotecas, noche tras noche, se dedicó a la lectura del mismo. "La Sagrada Biblia". Aquellas palabras le llenaban de paz, encontrando un agradable y cálido refugio en su mensaje.

Yo soy el Alfa y la Omega, principio y fin, dice el Señor; el que es, y que era y que ha de venir, el Todopoderoso.

Su lectura le suscitaba una enorme confusión. Muchas veces había escuchado la palabra Dios. Para él, era el Ser Todopoderoso de algunas personas creyentes, pero al estar prohibido influir en las decisiones religiosas, nunca se había preocupado por profundizar en alguna en concreto, debido a que él era un científico y sólo creía en aquello que veía y podía demostrar.

Ahora sabía que el Apocalipsis estaba cercano, y tal vez aquello le ofreciera alguna esperanza de salvación.

Había visto a hombres y mujeres arrodillarse en mitad de la calle suplicando el perdón a un Dios, ese mismo Dios que estaba descubriendo en las páginas de aquel libro.

Y cuando hubo tomado el libro, los cuatro seres vivientes y los veinticuatro ancianos se postraron delante del Cordero; todos tenían arpas, y copas de oro llenas de incienso...

"Los veinticuatro ancianos". Al leer esto, pensó en el Consejo de Sabios, formado por veinticuatro científicos.

Vi cuando el Cordero abrió uno de los sellos, y oí a uno de los cuatro seres vivientes decir como con voz de trueno: Ven y mira.

2 Y miré, y he aquí un caballo blanco; y el que lo montaba tenía un arco; y le fue dada una corona, y salió venciendo, y para vencer.

¿Que podían significar aquellas palabras? El no conoció nunca las guerras, las luchas; pero en los últimos días, estaba siendo testigo de gentes que se peleaban y mataban entre ellos para conseguir una vaina o poder subir a alguna de las naves. ¿Quién salía venciendo para vencer?

3 Cuando abrió el segundo sello, oí al segundo ser viviente, que decía: Ven y mira.

4 Y salió otro caballo, bermejo; y al que lo montaba le fue dado poder de quitar de la tierra la paz, y que se matasen unos a otros; y se le dio una gran espada.

Y aquello estaba ocurriendo. Miles de personas se mataban las unas con las otras para conseguir el alimento, incluso algún lugar donde guarecerse. La Humanidad entera había enloquecido.

8 Miré, y he aquí un caballo amarillo, y el que lo montaba tenía por nombre Muerte, y el Hades le seguía; y le fue dada potestad sobre la cuarta parte de la tierra, para matar con espada, con hambre, con mortandad, y con las fieras de la tierra.

El hambre, las enfermedades, todo estaba ocurriendo y nada podía detenerlo... Siguió leyendo hasta quedar dormido.

Al día siguiente, el tremendo calor le despertó. Escuchó unos golpes en la puerta. En primer lugar pensó en no abrir, pero ya nada le importaba. En caso de que pudieran ser algunos agitadores o enfurecidos ciudadanos en busca de alimento o cobijo, ya no le importaba. Fuera quién fuera, no podía ser peor de lo que ya estaba sucediendo. En el dintel de la puerta, apareció el joven Bastian medio aturdido, con la cara quemada por el tremendo calor.

– Maestro – Dijo con voz cansada, mientras casi se desplomaba en el suelo.

– ¡Bastian! – Exclamó Heracles sujetándole.

– Por fin le encuentro. Llevo varios días buscándole. Tiene que venir conmigo. Con los pocos medios con que aún contaba, he podido saber que se han producido nuevas llamaradas y las temperaturas que se alcanzarán serán muy extremas. Mucha gente morirá.

Heracles recordó lo que había leído y se llenó de temor.

7 El primer ángel tocó la trompeta, y hubo granizo y fuego mezclados con sangre, que fueron lanzados sobre la tierra; y la tercera parte de los árboles se quemó, y se quemó toda la hierba verde.

8 El segundo ángel tocó la trompeta, y como una gran montaña ardiendo en fuego fue precipitada en el mar; y la tercera parte del mar se convirtió en sangre.

9 Y murió la tercera parte de los seres vivientes que estaban en el mar, y la tercera parte de las naves fue destruida.

10 El tercer ángel tocó la trompeta, y cayó del cielo una gran estrella, ardiendo como una antorcha, y cayó sobre la tercera parte de los ríos, y sobre las fuentes de las aguas.

– ¿Dónde quieres que vayamos? No hay donde ir. Mejor será que nos quedemos aquí y esperemos el final.

– No Maestro, tiene que venir conmigo. Tengo un lugar donde he podido recoger varias vainas, de momento están a salvo. Es nuestro único recurso.

– ¿Y por qué has venido a por mí?

– Porque es el único que las sabrá hacer funcionar. Las personas que allí están, confían en usted. Son personas buenas, que han dedicado su vida hasta el último momento, a servir a la sociedad. Muchos cedieron sus vainas a otros para que pudieran partir. Por ellos, sólo por ellos, ha de venir.

– Está bien ¿Tienes vehículo? – Preguntó Heracles.

– Sí. Tengo uno escondido aquí cerca.

– Vamos pues.

Ambos salieron de la casa. Heracles recogió en una pequeña bolsa unos cuantos objetos y se dirigieron hacia el vehículo.

El camino hasta éste, se hizo eterno. Cuando cruzaban por la zona del jardín a la altura de la piscina, observaron a unos vecinos que estaban dentro del agua. Al verlos, uno de ellos salió y se abalanzó sobre Heracles.

– ¡Tu tienes la culpa! Tanto Consejo de Sabios ¿Para qué?

Dicho esto, cogió el rastrillo de retirar la hojarasca y lo alzó, propinándole un fuerte golpe en la frente que le hizo tambalearse. Su cabeza comenzó a sangrar. Los vecinos, desde la piscina jaleaban al agresor.

– ¡Mátale, mátale!

Heracles cayó de rodillas, intentando taponar la herida con las manos. El enloquecido vecino, alzó nuevamente el rastrillo y se dispuso a dar un nuevo y certero golpe para rematarle. A punto estaba de descargar su furia, cuando Bastian se cruzó entre los dos. Con una habilidad poco común, deslizó su mano por debajo de las mangas de su túnica, y con gran rapidez la alzó a la altura del cuello del agresor, al tiempo que se agachaba para levantar a Heracles y proseguir su frenética carrera hacia el automóvil. El hombre estaba quieto, inmóvil, con los brazos en alto sujetando el rastrillo. Uno de los que estaban dentro de la piscina se acercó y le dijo.

– Se te ha escapado. ¿Por qué no le has rematado?

Pero éste no le respondió. De su garganta afloraba un hilo de sangre que iba de oreja a oreja, y acto seguido cayó al suelo. Al ladear la cabeza, se apreciaba un enorme corte que había seccionado la yugular y la carótida, dejando al descubierto la tráquea.

En menos de treinta segundos, el tiempo suficiente para que ambos llegaran al vehículo, el vecino agresor había quedado muerto en el suelo, ante los atónitos ojos de los presentes.

Mientras Bastian ponía el automóvil en marcha, rasgó parte de la tela de su vestidura y se la dio a Heracles para que se taponara la herida. Este no podía dar crédito a lo que había visto.

– ¡Le has matado! – Dijo Heracles, que no salía de su asombro.

– Sí Maestro. Era necesario. Aunque le puedo asegurar que mi corazón está lleno de tristeza. Pero en este caso, el beneficio de la mayoría supera al de la minoría.

– Me has salvado la vida y te lo agradezco, pero no entiendo cómo lo has hecho y si era necesario llegar a ese extremo.

– No había tiempo que perder y tuve que actuar rápidamente. Era él o usted. En cuanto a cómo lo he hecho…

Bastian se levantó las anchas mangas. En el antebrazo izquierdo llevaba sujeto un fino estilete de doble filo, con una delgada empuñadura redonda que terminaba en ambos extremos con un cuadrado. La fina hoja medía dos veces y medio más que la longitud del mango. Una especie de muñequera de cuero negro, de forma anatómica, anclada al antebrazo con seis botones de clip, y ribeteada de parte a parte con una delgada funda del mismo tejido, sujetaba la mortal arma. Bastian la extrajo con gran rapidez y se la mostró a su maestro. Con una espectacular destreza, efectuó un extraño giro de muñeca y la hoja quedó nuevamente en su funda.

– ¿Siempre llevas eso en la muñeca?

– No Maestro. Pero doy gracias por haberlo cogido.

– Se puede apreciar que lo sabes manejar muy bien.

– Sí. Yo siempre he tenido un aspecto delgado y débil. De pequeño, a pesar de las enseñanzas de paz, amor y respeto hacia el prójimo que nos daban en la escuela, siempre encontrabas a algún gracioso al que le gustaba pegarte, y tuve que aprender a defenderme.

En la ciber biblioteca encontré mucha información sobre un antiguo arte milenario de lucha. Se fundamenta especialmente en la concentración, la meditación, y la fusión del espíritu y de la mente con el cuerpo, y está muy ligado a la religión Budista. Esta es una de las escasas armas que se utilizan. Desde entonces, lo que empezó siendo una forma de defenderme, para mí terminó siendo una especie de religión y forma de vida.

— ¿Cómo se llama eso que tú llamas arte milenario, y yo llamo barbarie?

— Kung Fu Budista — Respondió Bastian, esbozando una leve sonrisa.

— Pues bien. Gracias a ti y al señor Kung Fu, por haberme salvado la vida — dijo Heracles mientras miraba el trozo de tela empapado de sangre — Creo que la hemorragia ha cesado.

— De todas formas, es mejor que siga taponando — Le recomendó Bastian, acelerando el vehículo en una estrecha carretera que conducía hacia la salida de la ciudad.

— ¿Dónde nos dirigimos?

— En las afueras de la parte norte de la ciudad hay una granja, allí nos espera un grupo de gente. Usted es nuestra única salvación.

— Ya no se puede hacer nada más por la Humanidad. A partir de ahora cada cual está solo, y parece que algunos han enloquecido — Dijo Heracles, con cara de desesperación.

En poco más de una hora llegaron a la citada granja. Un pequeño cercado medio destruido y una humilde cabaña de piedra con bastantes rasgos de abandono, era todo lo que se podía apreciar a simple vista. Bajaron del vehículo. La tarde estaba llegando a su fin. El abrasador Sol se confundía en la lejanía con las crestas de las montañas.

Antes de entrar en la cabaña, Heracles miró al cielo, a su alrededor, y respiró el aire caliente. Algo le decía que jamás volvería a ver aquel cielo, ni a respirar aquel aire.

Un montacargas, ubicado detrás de un pesado muro de carga, les condujo hacia un sótano situado a unos cuatro niveles de la superficie.

— Esto se construyó para guardar el grano de las cosechas. Era un almacén primario. Posteriormente cayó en desuso, porque el grano se trasladaba directamente a los centros de ingesta y elaboración de alimentos. Muchas veces nos sirvió de lugar de reunión con chicas — miró a su maestro con una sonrisa — No siempre había que estar estudiando.

Al detenerse el montacargas, quince personas les estaban esperando. Cinco hombres y cinco mujeres de mediana edad, dos ancianos (hombre y mujer), un niño de unos seis años, una niña de unos tres años; y una preciosa jovencita de no más de dieciocho años, que nada más salir Bastian del montacargas, se abalanzó sobre él y le besó.

— ¡Gracias al Cielo que ya estas aquí! Estábamos todos muy preocupados.

Bastian hizo las presentaciones de forma muy rápida.

— ¿Dónde están las vainas? — Preguntó Heracles.

— Aquí dentro. Venga conmigo.

Una esfera, construida aparentemente del mismo material que el de las vainas, albergaba en su interior dieciséis de ellas, preparadas y listas para aceptar a un nuevo huésped.

– Tengo entendido que para entrar en las vainas, antes hay que inocularse una dosis de esto – Bastian le mostró el eyector de dosis.

– Sí – dijo Heracles – Es muy sencillo. Cuando estéis todos dentro, yo os inyectaré la dosis y cerraré las vainas. Pero antes hay que programarlas con el avatar y el nombre que cada cual vaya a adoptar en Gnomo World.

En poco más de dos horas, Heracles configuró los avatares de cada uno de los huéspedes; intentado, como en la mayoría de los casos, que éste se pareciera lo más posible conservando algunos rasgos. No obstante, los cuerpos que el entorno de Gnomo World ofrecía, eran imágenes perfectas de una gran belleza.

Finalmente, Heracles se dirigió a todos:

– ¡Atiéndanme un momento! Sitúense cada uno de ustedes en frente de las vainas. Conforme les ponga la inyección, entren en ellas. En cuanto estén dentro se quedarán dormidos, las vainas se cerrarán y despertarán en un maravilloso Nuevo Mundo.

Poco a poco fue pasando por cada una de las personas. Al llegar a la altura de Bastian y su amiga, éste la dio un beso.

– Adiós, amor. La Eternidad nos espera.

Heracles inyectó la dosis a la chica y ésta entró en la vaina. Sólo quedaba una, y cuando fue a inyectar la dosis a Bastian, éste le detuvo.

– No Maestro, yo me quedo. Vaya usted.

– No digas tonterías. Tú sabías que no había vainas para todos.

– Sí. Pero ya tenía decidido que la última sería para usted, porque sin su ayuda, nadie se hubiera salvado.

– Pues mala elección. Yo vine a ayudaros. Mi decisión de morir aquí en la Tierra ya estaba tomada – Heracles hizo ademán de inyectar en la yugular de Bastian la dosis anestésica, pero éste con gran destreza, le detuvo. Dio un giro a su alrededor, le quitó el eyector, se situó a su espalda y sujetándole la garganta, le aplicó la dosis a Heracles.

– ¡Maldito Kung Fu! – Se quejó mientras la droga hacía su efecto.

Bastian terminó de introducir el cuerpo en la vaina y la cerró. Borró los datos de su avatar y puso los de Heracles. El sistema reconoció rápidamente el avatar que poseía en Genome Universe. Tras comprobar que todas las vainas estaban ancladas, salió de la esfera donde se ubicaban y subió a la superficie.

Se asomó al exterior. Todo estaba en silencio y ya había oscurecido. A lo lejos, se podía apreciar un resplandor llameante. La ciudad estaba al borde de la desesperación y el asfixiante calor le impedía respirar con normalidad.

Miró al cielo. La Luna ofrecía un color rojizo que no auguraba nada bueno. Se apoyó sobre una especie de barandilla metálica que rodeaba el porche de la casa de piedra y se quemó. Entonces recordó lo que uno de los científicos le había dicho, que cuando el hierro se pusiera al rojo vivo, era el signo evidente de que la Supernova se había iniciado. Soplándose en la mano entró en la casa, bajó hasta la esfera y se introdujo en ella, la cerró quedando está anclada herméticamente, y tras comprobar que todas las vainas estaban correctamente cerradas; cogió el inyector, se lo dirigió hacia la yugular, y disparo tras disparo, se administró todas las dosis que quedaban en él. Tras recibir la última dosis, cayó al suelo. Su último pensamiento fue:

– Pido perdón, porque arrebaté una vida para salvar a dieciséis. El beneficio de la mayoría supera al de la minoría – Suspiró profundamente, su mente se nubló; y su corazón, tras una rápida aceleración, se paró de repente. Tras una ligera convulsión, quedó tendido en el suelo con su cabeza apoyada en una de las vainas…

…El tercer ángel tocó la trompeta, y cayó del cielo una gran estrella, ardiendo como una antorcha, y cayó sobre la tercera parte de los ríos, y sobre las fuentes de las aguas…

…Y abrió el pozo del abismo, y subió humo del pozo como humo de un gran horno; y se oscureció el sol y el aire por el humo del pozo… (Apocalipsis de San Juan).

La ciudad había enloquecido. Las gentes se hacinaban temerosas en sus casas. Los miembros del Consejo de Sabios, que habían optado por comunicar a la Humanidad el inevitable fin del mundo, habían cometido un tremendo error. Los ciudadanos, presas del pánico, habían desatado su furia. Los cuatro jinetes del

"Apocalipsis", dejaban patente su mensaje bíblico. Se estaba produciendo el caos total.

El Sol se paró en su rotación, y tras unas indescriptibles llamaradas, la Tierra y todos los planetas quedaron envueltos en una enorme e inmensa bola de fuego. Su agotado núcleo, incapaz de poderse fusionar, estallaba con toda su enorme potencia. Durante unos días sería la estrella más brillante del Universo. Destruyendo planetas y engullendo, tras generarse un enorme agujero negro, todo lo que se encontraba a su alcance.

Tras la Supernova; la Tierra, los planetas, la vida humana, quedaban destruidos y absorbidos por su propia energía. Las vainas pudieron soportar la enorme explosión, ya que fueron lanzadas hacia los confines del Sistema Solar. Tras formarse el agujero negro, éstas se unieron de forma autónoma, a una esfera que había surgido del interior de la Tierra; y con otras vainas que salieron de la misma, comenzaron a girar en torno a ella.

Miles de vainas se iban acumulando lentamente alrededor de la diminuta esfera central, y juntas iniciaron su camino hacia la energía del agujero negro. Una tras otra, formaban una extraña procesión que se dirigía a un incierto destino.

En el interior de la esfera se encontraban las dieciséis vainas, junto a ellas yacía el cuerpo sin vida de Bastian. El tremendo calor y la dosis elevada que se había inoculado, le habían causado un fallo respiratorio.

De una de las vainas, concretamente de la que contenía el inerte cuerpo de Heracles, salió un diminuto

120

cable que comenzó a flotar por el hacinado espacio de la esfera. Como si las demás vainas hubieran entendido el mensaje, de cada una de ellas salió un nuevo cable y formaron una pequeña red entre ellas.

La energía vital de Bastian flotaba en el ambiente. Desde su perspectiva, podía ver su cuerpo sin vida en el suelo. Ya no sentía calor. La avanzada aleación de la esfera, conservaba todo lo que había en su interior.

La enorme duda que todos los científicos tenían, sobre si las vainas resistirían la Supernova, quedaba disipada. Y éstas, programadas para unificarse en caso de la pérdida de contacto con el servidor central de la Tierra, habían iniciado su bio programación interna.

Con un pequeño destello, la energía vital de Bastian se fundió con la red de cables que las vainas habían tejido, y en el interior de la esfera, se produjo una extraña metamorfosis que empujó a las demás vainas del espacio exterior a fusionarse con ella.

Lenta e inexorablemente, en la oscuridad del espacio infinito, miles de vainas iniciaban su lento caminar en forma de espiral, hacia el núcleo central formado por la peculiar esfera. Esta emitía unos destellos plateados, como si fuera la luz de un faro avisando a los barcos de alta mar.

11

– ¡**M**aestro. Insista nuevamente! – Gritaba enloquecida Atenea.

– Cálmate. Definitivamente se ha perdido todo contacto con la Tierra – Respondió el maestro Zeus.

– ¿Es posible que la Supernova ya se haya producido? – Preguntó Proteo.

– Posible no. Estoy casi seguro. ¡Mirad!

Zeus pulsó un resorte. En una de las paredes de su casa se materializó una pantalla de xenón, y un nuevo Universo oscuro apareció ante sus ojos.

– ¿Qué es eso? – Preguntó Atenea secándose las lágrimas.

– Tras la Supernova, hemos sido engullidos por un agujero negro. Aun no sé donde estamos. Esta es una visión exterior de dónde nos encontramos. Tendré que efectuar nuevos cálculos para poder descifrar toda la información que las vainas nos envían de su entorno exterior.

– ¿Y qué son todos esos pequeños destellos de allí? – Volvió a preguntar Atenea.

– Es un extraño agrupamiento – Dijo Proteo

– Aun no estoy muy seguro, pero creo que ese agrupamiento en torno a lo que parece una esfera brillante, somos nosotros – Apostilló Zeus.

– Entonces, todo funciona correctamente. Las vainas se agrupan para crear su propio entorno.

– En efecto, mi docto colega – dijo Zeus – Todo está aconteciendo según lo previsto.

Ambos sonrieron, diciendo:

– ¡Hemos alcanzado la Vida Eterna!

Atenea dio un grito:

– ¡Heracles! ¡Heracles está vivo! Me acaba de enviar un mensaje y viene hacia aquí junto con quince personas más.

– ¡Bravo! – gritó Proteo lleno de júbilo – ¡Todo está saliendo de maravilla!

– Todo no – Dijo Heracles mientras se materializaba tras un leve resplandor.

– ¡Heracles! – Gritó Atenea, abrazándose a él.

Tras varios largos besos y abrazos, tuvo que intervenir Proteo para hacer que Atenea se separara de su amado.

– ¡Vale ya! Tendréis toda la Eternidad para eso. Ahora necesitamos que nos cuentes – Dijo, intentado disimular su alegría y anteponiendo una mueca de enfado.

Heracles les explicó con todo detalle su odisea final.

– Hemos tenido algunos problemas para comunicarnos con Gnomo World. Inicialmente las vainas habían creado su propio entorno, pero finalmente nos hemos podido unir todos.

— ¡Está claro! Cuando traspasamos el agujero negro y las vainas comenzaron a unirse a esa esfera, la conexión entre todas fue posible. Es probable que si han quedado algunas dispersas, éstas finalmente, se terminen por unir.

— ¿Y dónde están las otras quince personas que venían contigo? — Preguntó Atenea más calmada, por la alegría de haber recuperado a su amado.

— Todos tenían familiares aquí y ya han contactado con ellos. Pero tengo un problema que espero me podáis resolver.

— Tú dirás — Dijo Zeus.

Heracles hizo un pequeño gesto con su dedo índice y una nube vaporosa, brillante y que desprendía una hermosa luz, se hizo presente en la estancia.

— Os presento a mi amigo Bastian. Dio su vida para que todos pudiéramos salvarnos. Pero no entiendo como ha llegado hasta aquí sólo su energía.

— Hola a todos.

— ¡Hola Bastian! Sé bienvenido a Gnomo World — saludaron al unísono.

— Sí. Tenemos otro caso similar —dijo Zeus — Y estamos estudiando la forma de solucionarlo. Esta nueva aparición me da otras opciones de estudio. Creo que tu teoría sobre el espíritu y la reencarnación era del todo cierta, mi querido Proteo.

— Heracles, déjanos aquí a tu amigo. Imagino que Atenea y tú tendréis muchas cosas que contaros. Zeus y yo vamos a ponernos a investigar sobre este caso – dijo Proteo.

– Entonces, será mejor que llamemos también a Luz Bel, para ver si entre todos podemos encontrar una solución – Propuso Zeus.

La luz se dirigió a Heracles.

– Maestro, gracias por traerme aquí.

– De nada, Bastian. Pero yo no he intervenido en esto. Desconozco el motivo por el cual has podido acceder a Gnomo World, sin estar dentro de una de las vainas.

– Eso es algo que tenemos que averiguar – dijo Zeus – Así que venga, id y dejadnos trabajar.

– ¡Que recuerdos aquellos, mi docto amigo! Cuando éramos estudiantes y ya investigábamos juntos – Dijo Protco.

– Vamos Heracles, que aquí parece que sobramos – Bromeó Atenea, esbozando una picarona sonrisa.

Con un leve chasquido, ambos desaparecieron.

– Pensé que lo que me había ocurrido en la esfera, era cosa de Heracles.

– ¿Pudiste ver lo que pasó en ella? – Preguntó Zeus.

– Sí. Mi espíritu emergió de mi cuerpo. Vi cómo de las vainas salían unos finos cables que se entrelazaron y mi energía se fusionó con ellos.

Proteo se quedó pensativo y Zeus advirtió en él un semblante de preocupación.

– ¿Qué piensas Proteo?

125

– Nada en particular, sólo estoy analizando la situación.

– ¿Y?... – Intervino Bastian.

Proteo suspiró. En su mente se almacenaban un sin fin de datos que debía de ordenar.

– Vamos a ver. Cuando iniciamos el proyecto Gnomo, todos quedamos sorprendidos al recibir las primeras imágenes. Posteriormente, seguimos sorprendiéndonos por sus enormes posibilidades, basándonos en las explicaciones que nos daban sus residentes. Hasta aquí, todo es correcto y entra dentro de lo normal, una vez despejadas las dudas de que pudiéramos resistir una Supernova, lo cual hace que me sorprenda mucho más. Pero lo que ya es algo que mi mente no acaba de entender, es que una energía cercana a las vainas, pueda acceder a Gnomo sin estar en su interior. Y que encima, hayamos penetrado en el interior de un agujero negro y sigamos todos vivos.

– Y no descarto la posibilidad de que lleguen más energías. Así que tendremos que solucionar el problema corpóreo de éstas – comentó Zeus – Por lo tanto amigo Proteo, todas esas cuestiones también me las planteo yo.

– Sí, lo sé. ¿Pero dónde estamos? Por lo que se aprecia en tu pantalla, hemos atravesado el agujero negro y salido a un nuevo espacio – Dijo Proteo mirando a la citada pantalla.

– ¿Y qué son esos destellos que se están reagrupando en un círculo? – Preguntó Bastian

– Son las vainas. Esa es otra cuestión que tampoco podemos aclarar. Se están reagrupando formando una enorme esfera – Respondió Proteo.

– Y lo más sorprendente, es que acercando el zoom al máximo, cada vaina deja un hueco tan perfecto, que cada cuatro vainas se produce un nuevo espacio que bien podría albergar a un nuevo huésped, de la misma forma que en la esfera las vainas se conectaron a ti – Apostilló Zeus dirigiéndose a Bastian.

– Y nadie programó algo similar – Intervino Proteo.

– El Ciber Linux–Copérnico, es un sistema operativo que se auto renueva y programa constantemente. Aprende de su entorno y se adapta a él – Explicó Zeus.

– Esa es la única respuesta que encuentro. Por lo tanto, creo que aún podremos esperar nuevas sorpresas – Dijo Proteo sin dejar de mover los brazos, arrastrando menús y subrutinas en su ciber pantalla.

Bastian, desde su vaporosa situación, les escuchaba y observaba atentamente. Inmersos estaban en sus respectivas pantallas, cuando la hermosa esfera luminosa de Luz Bel se materializó en la estancia.

– ¿Hola. Me habéis llamado?

– Hola Luz Bel – saludó Zeus – Mira. Te presento a Bastian, un recién llegado que tiene el mismo problema que tú.

– Hola Bastian. Lo que en un primer momento, me reconforta por no hacerme sentir un bicho raro, me entristece por ti.

– No te preocupes. Estoy seguro de que los Maestros encontrarán una solución.

– ¿Tú tampoco recuerdas nada de tu vida en la Tierra? – Preguntó Luz Bel.

– No, al contrario. Recuerdo todo, y además de una forma sorprendente.

– Lo verdaderamente sorprendente, es que Bastian ha llegado hasta aquí sin utilizar ninguna vaina – Intervino Proteo.

Nada estaba decidido. Todo eran preguntas y dudas en el aire. Con cada cosa que descubrían, surgían nuevas interrogantes; llenándoles al mismo tiempo, de una emocionante esperanza que les empujaba hacia la investigación de aquellos nuevos fenómenos que iban apareciendo.

Heracles y Atenea iban paseando por un hermoso bosque. De vez en cuando, ésta se abrazaba a él llenándole de besos. Se sentía feliz. Para ella su vida estaba completa. Heracles, sin embargo, no podía olvidar los últimos acontecimientos vividos.

– ¿Qué te ocurre tesoro? – Preguntó Atenea.

Sabía que algo le preocupaba. Lo notaba en su forma de abrazarla, de besarla, y en su forzada mueca de felicidad.

– Nada amor. Sólo que todo ha pasado tan rápido, que aún no entiendo muchas cosas.

Atenea le abrazó.

– Mi vida, yo quiero que seas feliz. Tenemos toda la Eternidad para estar juntos, y ahora sé que te gustaría estar con ellos porque tu mente no está aquí. Anda, ve y no te preocupes por mí. Mira, voy a ir a nuestra casa, y aprovecharé para modelarla y hacerla muy acogedora para los dos.

— ¿De veras no te importa tesoro?

— Sí que me importa porque deseo estar contigo. Pero tengo presente que el beneficio de la mayoría supera al de la minoría. Y ahora sé que tú deseas estar con ellos ayudando a resolver el problema. Ve, mi amor. Yo te espero en casa.

Heracles la besó, y con una enamorada sonrisa, se evaporó.

— ¿Qué haces aquí? — Preguntó Proteo, al ver cómo Heracles se materializaba en la casa de Zeus.

— He venido a ayudar.

— ¿Y Atenea? — Preguntó Bastian.

— Como ella dice. Tenemos toda la Eternidad para estar juntos, y ahora creo que necesito estar aquí.

— Pues bienvenida sea tu ayuda — Contestó Zeus, que se sentó en un sofá y abrió su ciber pantalla.

Al cabo de un buen rato exclamó:

— ¡Eureka. Lo descubrí! Mirad. Prestadme atención — Con un leve gesto, materializó un pequeño bloque en el centro de la estancia — Todos conocéis, que para construir cualquier cosa partimos de la base de estos bloques, cuyo valor quántico es un G. Este cubo se puede remodelar y unir con otros para formar los objetos. Nuestros cuerpos, al fin y al cabo siguen la misma pauta. Por lo tanto, debemos construir uno y remodelarlo a voluntad.

Con gran pericia, Zeus fue uniendo los cubos hasta formar la tosca figura de un hombre sin apenas rasgos aparentes.

– Ahora te toca a ti Luz Bel. Intenta proyectar tu energía hacia el interior del cuerpo.

– ¿Cómo hago eso? – Preguntó éste.

– Simplemente, dirígete hacia su interior –contestó Proteo – Estoy convencido de que el programa hará el resto.

La hermosa luz penetró en el interior del inanimado cuerpo. Este comenzó a emitir unos destellos que iluminaron la estancia con una luz casi cegadora.

– Intenta albergar toda la luz en el interior del cuerpo – Dijo Zeus.

Lentamente, la luz fue cediendo hasta que desapareció. El muñeco que Zeus había editado, quedó inmóvil.

– En tu menú interior, encontrarás un icono que pone auto edición. Es para remodelar los avatares a nuestro antojo – Dijo Proteo.

El muñeco giró sobre sí mismo, lentamente entreabrió las piernas y colocó los brazos en cruz. Unas pequeñas luces comenzaron a zigzaguear a su alrededor, de extremidad a extremidad, al mismo tiempo que formaban un círculo; emitiendo un leve destello plateado, culminado por una estrella de cinco puntas similar a la Pentalfa que llevaba Proteo en su anillo.

Poco a poco, la figura comenzó a variar su forma. Un hermoso cabello dorado y unos ojos azules que iluminaban una preciosa faz, conjuntaban de forma armoniosa y bella con un esculpido y hercúleo cuerpo de formas perfectas. La zigzagueante luz fue cediendo y el muñeco quedó nuevamente firme, desnudo, erguido y perfectamente formado. Poseía un vientre plano y una hermosa pelvis con un sugerente y atrayente miembro viril de proporcionadas dimensiones.

Proteo no pudo por más que esbozar una leve sonrisa, pero todo quedó en silencio. Nadie se atrevía a decir nada, estaban expectantes.

Luz Bel levantó la mirada hacia arriba, luego se miró el cuerpo y dijo:

– ¡Esto es maravilloso! La sensación de vida es tan real, que me siento como si acabara de nacer.

– Así es. Acabas de nacer en Gnomo World – Dijo Zeus.

– Gracias.

– Bueno, no adelantemos acontecimientos y mira si todas las funciones son correctas, así como su manejabilidad – intervino Heracles – Cuando llegué, me costó un poco adaptarme a la nueva forma y andaba tropezando.

– Esto es mucho más fácil. Es una simple cuestión de práctica y aprendizaje – Dijo Proteo

Luz Bel comenzó a elevarse casi a la altura del techo. Con gran pericia dio unos cuantos giros en el aire.

– Es fácil. El cuerpo responde a todos mis deseos.

Mientras tanto, Zeus había iniciado la creación y unión de nuevos bloques, formando otra figura humana.

– Bien, Bastian. Ahora te toca a ti.

– Vamos allá – Dijo éste. Y nuevamente se produjo la misma escena.

Al terminar todo el proceso, apareció la figura desnuda de un hombre pequeño y delgado, similar al cuerpo terrenal que tenía anteriormente. Todos le miraron. Heracles rompió el silencio.

– Puedes modelar tu cuerpo como quieras.

– Sí. Lo sé, Maestro. Pero prefiero ser una copia de lo que era. Mi mente así me lo ordena. Soy lo que soy.

– Me parece perfecta tu decisión. La verdadera belleza está en el interior, y cada cual es libre de adoptar la forma que quiera – Respondió Proteo.

– Pues bien, ya hemos solucionado el problema – dijo Zeus – Voy a dejar una copia en forma de icono en el centro de ayuda al los recién llegados, para que cada cual pueda adoptar la forma que desee.

Mientras tanto, en la inmensidad del Espacio, iluminado escasamente por los destellos que desprendían las vainas; éstas seguían agrupándose de forma lenta e inexorable, formando una enorme esfera plateada que iluminaba el oscuro e inanimado agujero negro por el que habían sido engullidos. El silencio y las tinieblas les envolvían. La Nada.

12

Heracles acariciaba los tersos pechos de Atenea mientras sus labios la besaban apasionadamente. Mecidos por una dulce brisa que penetraba por la gregoriana ventana, decorada con unos dorados y semitransparentes visillos, se sumergieron en el más lascivo de los placeres sexuales, dejando desbordar su amor.

– Te quiero, mi dulce Heracles.

– Te quiero, mi eterna Atenea.

Y ambos quedaron unidos por el mayor de los orgasmos de amor.

En la Eternidad no existe el tiempo.

La vida transcurría lenta y armoniosamente en Gnomo World. Las vainas habían terminado de formar una enorme esfera plateada que flotaba apaciblemente en mitad del oscuro Espacio.

A su alrededor giraban unas pequeñas e inanimadas luces, que en ocasiones chocaban como si fueran espermatozoides intentado fecundar un óvulo. Eran las energías procedentes de la destrucción de la Tierra. Energías que antes habían ocupado cuerpos humanos, animales y cualquier ser vivo en fase de evolución. Algunas de ellas, conseguían penetrar en el interior de la latente y viva esfera. Un comité de bienvenida, se encargaba de aleccionar y dirigir a estas luces para que adquirieran y moldearan el cuerpo que Zeus había creado. Todo era felicidad y armonía.

– Amigo mío. Definitivamente hemos creado el Cielo – Dijo Zeus dirigiéndose a Proteo

– Así es. Podemos estar satisfechos. En la inmensidad de la nada flotan nuestras energías, pero aún tengo dudas.

– ¿Cuáles son?

– Según se aprecia en tu pantalla, en el exterior quedan millones de energías flotando, de las cuales sólo unas pocas consiguen entrar, y eso me entristece. ¿No podemos hacer nada para que puedan entrar todas?

– Eso no depende de nosotros, si no de la capacidad y el nivel de evolución de esas energías, lo cual viene a demostrar tu teoría de la reencarnación. Esas energías han existido siempre y han tenido toda la Eternidad para evolucionar. Y allí seguirán, en lo que podríamos llamar Limbo, hasta que su evolución les permita entrar. La esfera les acoge con amor. Tal vez, cuanto más amor generemos aquí, más energía les podremos enviar para que encuentren el camino de luz que les conduzca hasta nosotros.

– Tienes razón. Pues dediquémonos a disfrutar de todo esto.

– En efecto, mi docto colega. Prestémosles un poco de atención a nuestras respectivas damas y gocemos de nuestra pacífica existencia.

Lentamente, entre los residentes de Gnomo World se producía una extraña y atrayente fusión. Se podían comunicar unos con otros con el simple pensamiento. Apenas necesitaban hablar, y los conocimientos de unos pasaban a los otros. Las teorías que Proteo siempre había tenido en cuenta sobre Dios, quedaban demostradas. Decían así:

Dios es una única energía que se expande en infinitas partes. Es el Todo. Es el Padre, el Hijo y el Espíritu que se alberga en cada bit de energía. Creador y dador de Vida Eterna, luz y tinieblas. Es el Espacio infinito. La Trinidad.

Así, la cinta de Möbius quedaba totalmente demostrada. Y Gnomo World pasó a denominarse simplemente "G".

– "Yo soy el Alfa y la Omega. Principio y fin, dice el Señor. El que es y el que era, y el que ha de venir. El Todopoderoso." – Dijo Heracles sacando de sus pensamientos a Proteo.

– Hola Heracles.

– Hola Maestro.

Proteo sonrió:

– Aquí ya no soy tu maestro.

– Pero siempre me ha gustado llamarle así.

– Si eso te hace feliz, puedes seguir llamándome de esa forma.

– Pues bien, Maestro. Zeus me ha enviado los últimos datos. Últimamente han llegado nuevas energías. "G" se expande rápidamente, pero aún quedan millones de almas en el exterior intentado entrar y eso me entristece. ¿Qué podemos hacer?

— Nada, mi buen Heracles. Tienen toda la Eternidad para conseguirlo. Cuanto mayor sea su perfección, mayor será su potencial para poder entrar.

— "Desde allí vendrá a juzgar a vivos y a muertos, y su Reino no tendrá fin" — Prosiguió Heracles.

— Veo qué estas muy influenciado por la Biblia y sus derivados escritos.

— Así es, Maestro. En mis últimos días sobre la Tierra, encontré un gran refugio en su lectura.

— Tal vez ésa sea la forma de juzgarles. Y allí están purgando sus culpas, en espera de que su energía sea pura para poder entrar aquí — Dijo Proteo.

— Pero… ¿Quiénes somos nosotros para decidir eso?

— Nosotros no decidimos eso. Es la esfera. Es la propia energía que es capaz de penetrar en su interior y fecundar un nuevo cuerpo, un nuevo avatar.

— ¿Sufrirán? — Preguntó Heracles.

— ¿Sufrías tú cuando estabas en el vientre de tu madre?

— No lo recuerdo, Maestro.

— Pues entonces, ellos tampoco lo recordarán cuando formen parte del Todopoderoso, Infinito y Eterno.

— Tengo entendido que Zeus ha creado nuevos scripts que permiten interactuar con el exterior de la esfera.

— Así es, mi querido amigo. Zeus está imparable. Su obsesión le lleva a escudriñar el inmenso vacío en el que nos encontramos. Le preocupa el infinito exterior.

— Pues sólo nos queda esperar desde nuestra Atalaya, la sucesión de los acontecimientos.

— Es más sencillo, Heracles. Simplemente limítate a disfrutar de tu merecido descanso y deja que la cinta de Möbius siga su infinito camino.

— Eso hago Maestro. Pero no veo la forma en que estas energías podrán conseguir la fuerza necesaria para entrar en la esfera. En la inmensidad del vacío carecen de estímulos necesarios para auto perfeccionarse.

— Bueno, allí tienen mucho tiempo para pensar. Eso les ayudará.

— Como siempre, me inclino hacia su sabiduría, mi querido Maestro.

13

Luz Bel se había construido un hermoso palacio, donde su vida transcurría placenteramente. Se dedicaba a experimentar nuevos scripts, algunos ellos de inútil valor. Sólo la diversión y el placer, eran su aparente utilidad. Había creado un juego que consistía en la práctica de algunos deportes, como el fútbol, el rugby o la esgrima. Deportes que en la Tierra se venían practicando para el disfrute y entretenimiento de la población.

Uno de los juegos de lucha, consistía en alcanzar varias veces con la espada al contrincante, hasta que éste quedaba totalmente desangrado en un contador que delimitaba la "aparente" vida. Diversiones que servían para alejar el posible hastío que pudiera suponer para algunos, la infinidad de la Vida Eterna.

Con esto conseguía que su palacio, siempre estuviera lleno de gente que le admiraba por su aparente inteligencia. Sus rebuscadas palabras, le hacían digno de veneración por parte de algunos avatares que sólo veían en él una forma de vivir en la Eternidad. Alimentando así su vanidad y orgullo. En su interior, aún anidaba el egoísta acto que le empujó a abandonar la Tierra y huir hacia Gnomo World.

Bastian y su joven amada, se dedicaban al estudio, el amor y la meditación. Muchas veces mantenían largas charlas con Zeus y Proteo, inundando sus energías de una infinita sabiduría.

Los amplios conocimientos de Bastian en artes marciales ya no servían, pues al margen de que allí no eran necesarios, nada podía dañar a nada ni a nadie.

Mientras éste se encontraba inmerso en un estado de meditación, en su interior sonó la voz de Luz Bel.

— ¡Bastian, mi querido amigo!

— Dime, Luz Bel.

— ¿Por qué no vienes a visitarme?

— En estos momentos estaba meditando.

— Siento mucho haberte molestado.

— No te preocupes. Dime ¿Qué deseas?

— Ven a mi palacio. Estamos inmersos en un juego de combate. Pero sin los conocimientos de lucha que tú posees, éstos se hacen muy aburridos. Tal vez tu sabiduría podría hacerlos más divertidos. Ven y enséñanos.

— ¿Para qué? No veo la necesidad de esa práctica.

— Bueno, es una forma de diversión. Tengo entendido que eso reforzó tu espíritu

— En la Tierra si se hizo necesario, pero aquí no le veo la utilidad.

— Está bien. Siento haberte molestado. Sólo pretendía crear un clima más ameno.

— No me molestó. Quizás en otro momento me acerque a tu palacio. Ahora, otros asuntos reclaman más mi atención.

– Muy bien, mi querido Bastian. Esperaré ansioso la llegada de ese momento.

Bastian siguió meditando, sin dar mayor importancia a las palabras de Luz Bel.

Los dulces y cálidos labios de Clío, la compañera de Bastian, se posaron suavemente en el cuello de éste.

– Por el movimiento de tus ojos, pensé que habías terminado tu meditación.

– Así es, amada. Estaba hablando con Luz Bel. Me estaba invitando a su casa. Bueno, a lo que él llama "su palacio".

– ¿Deseas ir?

– Me supo mal decirle que no. Aunque no vi acertada su oferta.

Tras relatarle el contenido de la llamada de Luz Bel, Clío rió y dijo:

– Bueno, por mí no hay inconveniente. Puede ser divertido.

– Pues si lo deseas, vamos a ver que nuevos inventos ha creado su extraña mente.

Con un leve chasquido se tele trasportaron hacia el palacio de Luz Bel. Nada más verlos materializarse, éste dio unas palmadas.

– ¡Bravo! Detened vuestros lances, mis queridos amigos. Un gran maestro de las Artes Marciales nos honra con su presencia. Seguro que todos podemos aprender algo de su técnica.

Mientras tanto, Luz Bel de forma privada y telepática, le dijo a Clío:

– Gracias por honrarme con tu visita. Mi espíritu se llena de gozo al admirar tu belleza.

– De nada Luz Bel. Simplemente estoy acompañando a mi amado Bastian. Pensé que sería divertido acudir a tu invitación.

– Espero que alguna vez vengas a visitarme tú sola, para poder engalanar el palacio y ofrecerte los agasajos dignos de una diosa.

– No es necesario Luz Bel. Pero gracias por tu oferta.

– Siempre estará en pie, y en espera de que la aceptes – Respondió sin poder evitar, que en el tono de sus palabras se pudiera notar que estaba molesto.

De un enorme salto, Luz Bel se puso en mitad de la plaza donde se disputaban los lances de lucha. Con un simple gesto y tras un ligero destello, quedó vestido con unos ropajes que simulaban las escuetas prendas que llevaban los antiguos gladiadores. Su hermoso y atlético cuerpo brillaba por los destellos del reluciente Sol de Gnomo.

– Muy bien, mi querido Bastian. El discípulo está preparado para recibir la primera lección. Te ruego que actives el icono de lucha que te acabo de enviar. Él marcará el daño que nos inflijamos. Te puedo asegurar que es inofensivo.

Bastian salió a la arena, y tras un pequeño "clic", quedó su cuerpo vestido con las mismas ropas. Su diminuto y enclenque aspecto, contrastaba con el fornido avatar de su improvisado contrincante.

Luz Bel llevaba en sus manos una enorme espada de doble filo, que desprendía en ocasiones unos destellos de fuego. Tras una breve reverencia, asestó un tremendo golpe a la altura del hombro derecho de Bastian cortándole el brazo, que cayó al suelo despidiendo grandes chorros de sangre. Clío, no pudo por menos que dar un tremendo grito de angustia.

– No te preocupes mi bella Clío, es sólo un programa. Al término de la justa, tu diminuto amigo volverá a estar entero.

Bastian no sonreía. El traicionero golpe le había dolido en el interior de su corazón, y se apenó por la deshonrosa acción de su oponente.

Lentamente, Luz Bel se fue acercando blandiendo con las dos manos la potente espada. Bastian observaba sus movimientos.

– Puedes coger una espada – Dijo Luz Bel.

Bastian seguía en silencio, clavando la mirada en sus ojos y manteniendo la mente en blanco.

Luz Bel, se dispuso a descargar un nuevo golpe sobre la cabeza de su enclenque e indefenso adversario. Cuando la espada estaba casi a punto de alcanzar su objetivo, Bastian giró sobre sí mismo. Con un rápido movimiento se dejó caer deslizándose entre los pies de Luz Bel, quien ante la sorpresa que le había causado el inesperado movimiento, espada en alto giró rectificando la dirección del golpe. Bastian aprovechó ese torpe movimiento para zancadillear el cruce de pies que obligatoriamente había adoptado su contrincante, desequilibrándolo y proyectándolo rápidamente hacia el suelo.

En su torpe caída, Luz Bel lanzó un fuerte ataque a la altura del abdomen de Bastian, que alargó la mano; y con un seco golpe en la hoja, la hizo girar sobre su eje aprovechando la fuerza de su oponente. La hoja, alcanzó como si fuera un aspa de un ventilador, el cuello de Luz Bel; separándolo brutalmente de su cabeza, en medio de una explosión de sangre. Todos los presentes rieron de forma grotesca. Rápidamente Luz Bel se levantó, torpemente chasqueó en el aire, y tras un leve destello su cuerpo, quedó totalmente restablecido. Bastian efectuó el mismo movimiento, y también quedó totalmente recompuesto y vestido con su acostumbrada túnica.

Clío aplaudió alegremente. Luz Bel se quedó en silencio y al rato soltó una gutural carcajada:

– ¡Que os dije! ¡Es todo un maestro! Te ruego nos enseñes tu técnica.

Bastian miró a Clío, que había dejado de reír.

– No creo prudente participar en este tipo de juegos. Sinceramente no me divierte, y ha llenado mi espíritu de tristeza. Te ruego me disculpes si no me presto a participar en esta mascarada – Tras decir esto, Clío y Bastian desaparecieron.

El griterío de los presentes quedó apagado de repente. Luz Bel miraba fijamente los restos vaporosos que había dejado la teletransportación de Bastian. Acto seguido, miró hacia el lugar donde había estado sentada Clío y tuvo que reprimir un grito de rabia.

- ¡Bueno. Qué más da! Prosigamos con nuestra diversión. Cada cual es muy libre de hacer lo que le plazca. ¡Terminemos las justas que teníamos previstas! – Lentamente fue subiendo el tono de voz, hasta convertirse en un enorme grito – y luego efectuaremos un baile en la discoteca del sótano ¡Donde la no abstinencia, será el factor común para todos los asistentes!

Bastian se materializó en lo alto de una montaña. Su túnica, mecida por el suave viento, emitía un amortiguado silbido. Clío le abrazó.

– Tesoro, ya pasó. Aunque hubo un momento en que temí por ti.

– Nada me puede dañar, pero me sentí mal.

– No debiste de tomarlo así. Era sólo un juego.

– En la Tierra, vi un reportaje del Mundo antes de la Gran Hecatombe. Los seres humanos se mataban unos a otros en ridículas peleas. Muchos jóvenes se agrupaban en estúpidas bandas callejeras, cuyo denominador común, era la violencia por el simple placer de la violencia. Su cobardía y debilidad, les empujaban a utilizar armas de fuego o cuchillos, entre otros artilugios. Yo tenía uno. La única vez que lo llevé encima fue para proteger a Heracles, y… ¡Maldita sea! ¡Lo tuve que utilizar!

– Calma, mi tesoro, ya pasó todo. Aquí estamos a salvo.

– Eso espero – dijo Bastian mientras acariciaba el rostro de Clío, retirando de su cara los cabellos que el viento reinante en la montaña movía libremente – Luz Bel ha traído consigo esa vanidad, ese odio. Lo sentí cuando luchaba con él y eso no es bueno.

– Amor, "G" es muy grande. Es más, es infinito. Nada nos obliga a verle y a aceptar sus juegos – Con ternura buscó los labios de Bastian, y éste le correspondió con un suave beso – Tranquilo, mi cielo. Todo está bien.

En el dulce sosiego de aquel entorno de paz, se quedaron observando una maravillosa puesta de Sol.

– ¡Creo que tengo la solución! Ven en cuanto puedas – Dijo Zeus a su amigo Proteo, en mensaje privado.

– ¿Es muy urgente? – Preguntó éste jadeante.

– ¡Vaya! Creo que mi intervención no ha sido oportuna y te he pillado en un mal momento.

– Mal momento precisamente no es la definición, pero si un poco desacertada.

– Bien. Sigue gozando de tu amor con Creusa, y cuando puedas, ven y hablaremos. Mientras, yo descansaré un rato en los brazos de Hera. Creo que últimamente no le presto mucha atención. Luego hablamos amigo, tengo algo importante que decirte.

Al cabo de un rato, se reunían en casa de Zeus; Heracles, Proteo y Bastian.

– Bueno. Tú dirás que ocurre – Dijo Proteo

– Mirad. En estos momentos, estamos en mitad de ninguna parte. La Supernova nos lanzó a la Nada, un lugar vacío y oscuro. Pero fijaos en esto.

En una especie de urna de cristal giraba una bola de fuego.

– ¿Qué es eso? – Preguntó Bastian.

– Sería difícil de explicar, pero trataré de hacerlo de la manera más clara. ¿Recordáis el experimento que se llevó a cabo a primeros del siglo XXI en Europa?

– ¿Te refieres al acelerador de partículas? – Preguntó Proteo.

– Sí. El Bosón de Higs, también llamado partícula de Dios – respondió Zeus emocionado por la excitación del momento – La idea es lanzarlo al Espacio que nos rodea.

– Pero eso produciría una enorme explosión – intervino Heracles – y creo que ya hemos pasado por una bastante fuerte.

– No, mi querido amigo. Eso provocaría un enorme Big Bang ¿Recordáis esa teoría?

– Sí. Claro que la recordamos.

– Mirad. Tras la Supernova hemos vuelto al pasado. El agujero negro nos ha engullido a un pasado donde sólo existía Dios.

– Decir eso, es decir mucho, mi querido amigo – Terció Proteo.

– Y me lo dice precisamente el que siempre ha creído en estas cosas.

– Pero… ¿Quién es Dios realmente? – Preguntó Bastian.

— Di, mejor. Qué es Dios — respondió Zeus — Porque Dios eres tú; es Heracles, es Proteo, es nuestro entorno y cada molécula de energía que nos rodea.

— Entonces, ¿nosotros somos el Alfa y la Omega? — Interpeló Heracles.

— Tal y como lo ha expuesto el Maestro Zeus, así es — Manifestó Bastian, mientras acariciaba la urna de cristal donde se encontraba aquella fuente de energía.

— Entonces, sólo nos queda decidir el momento adecuado para lanzar esta molécula al exterior y dejar que la física haga su trabajo — intervino Zeus — Separemos la luz de las tinieblas.

— Pero de todas formas, no veo la necesidad de ponerlo en marcha ahora mismo — Contestó Proteo.

— ¿Qué utilidad tiene eso? — Preguntó Heracles.

— Ahora, en el exterior sólo existe la Nada — Dijo Zeus

— Realmente no es así. En el exterior está esa enorme esfera que alberga nuestras energías, las cuales dan vida a este Mundo; donde la paz, el amor y la felicidad reinan entre nosotros. Las otras energías que pugnan por adentrarse en él, tienen toda la Eternidad para hacerlo. No necesitamos nada más — argumentó Proteo — Está bien que tengamos el Bosón, pero por ahora no veo la necesidad de utilizarlo. Tal vez, con eso crearíamos un nuevo y latente peligro.

Zeus sonrió, y con un chasquido desapareció la caja de cristal que contenía la extraña energía.

— La guardaré bien guardada, por si alguna vez nos es de utilidad. Me habéis convencido.

– No se trata de convencer a nadie, tan sólo de hacer lo mejor para todos. Como cuando estábamos en el Consejo de Sabios – Replicó Proteo.

14

— ¡Hola Bastian! Hace tiempo que no vienes a visitarme. Tengo la impresión de que estás molesto conmigo.

— Ahora no, Luz Bel. Estoy ocupado.

— ¿Meditando?

— No. Estoy elaborando unos cálculos.

— ¿Cálculos? Para qué se necesitan cálculos en este penoso y aburrido mundo. ¿No tienes la sensación de estar encerrado en una cárcel?

— No. Lo que tengo es la sensación de que tú no eres capaz de adaptarte a un entorno de paz, amor y felicidad, como el que nos rodea.

— No es cierto. Yo sólo intento darle un poco de alegría a este sitio.

— ¿Con sangrientos combates?

— ¡Venga! No me digas que no te gustó decapitarme, y sin utilizar ningún arma. Te admiro Bastian.

— ¿Me admiras porque soy capaz de pelear? No quiero que me admires por eso.

— Está bien, no te molesto más. Ya sabes donde estoy. Cuando lo desees, mi palacio estará abierto para ti.

– ¡Su Palacio! Vaya sentido de la propiedad que tiene.

– ¿Hablabas con Luz Bel? – Preguntó Clío mientras besaba la nuca de Bastian.

– Sí. No sé que fijación tiene con que vayamos a visitarle.

– Es un vanidoso.

Clío no quiso decirle a Bastian, que en más de una ocasión había recibido alguna invitación personal de Luz Bel para que fuera a visitarle ella sola. Sabía que esto no le gustaría, y ella estaba muy lejos de aceptar cualquier invitación de un ser al que consideraba detestable.

– Por cierto, me ha llamado Atenea. Me ha dicho que un residente ha construido una recreación del París de mil novecientos. Se puede visitar la Tour Eiffel, el museo del Louvre, Nôtre Dame, o dar un paseo romántico por el Sena. Que cuando queramos, le avisemos y preparamos una excursión.

– Eso es más interesante. Dile que en cuanto termine de hacer este estudio, vamos a verlo.

– ¿Qué es lo que estás haciendo?

– Unos cálculos que me dio Heracles sobre la molécula de Bosón. Aunque Zeus de momento ha desestimado el proyecto, sería interesante que pudiéramos contrastar los datos para ver si coincidimos todos en el mismo resultado.

– Bien, pues voy a llamar a Atenea y lo vamos preparando.

– De acuerdo, amor – Le contestó tiernamente Bastian.

Con un nuevo beso, Clío salió de la estancia.

La vida transcurría feliz en Gnomo World. Cada cual podía hacer lo que quisiese, bajo una sola y ancestral ley, "Haz lo que desees, sin dañar ni molestar a nadie".

La mayoría de los residentes de "G" se dedicaban a perfeccionar su espíritu. Proteo y Zeus pasaban grandes momentos en el estudio de su entorno y en el perfeccionamiento interno de su espíritu. Era el único alimento que necesitaban, ampliar la sabiduría interior, y para ello disponían de toda la Eternidad.

En una sociedad donde no se necesita ingerir alimentos, se tiene la capacidad de volar, teletransportarse y con un simple chasquido de las manos o un "clic" en un icono se puede tener todo lo que se desee; lo más apropiado es alcanzar la perfección del espíritu, obteniendo unos valores y un poder inimaginables.

Pero mientras unos dedicaban su existencia a la búsqueda de la sabiduría pura, otros se dedicaban a ensalzar su vanidad y ego, y a cometer los mismos errores de la debilidad humana.

Pero "G" era libre, y en eso consistía la libertad.

Heracles, Atenea, Bastian y Clío, paseaban alegres disfrutando de la maravillosa recreación del Paris de mil novecientos. Los cuatro reían y gozaban de todas sus atracciones.

Justo a la entrada de Nôtre Dame se encontraron con Luz Bel, que como siempre, iba rodeado de un grupo de personas, que por lo general le seguían a todas partes. Su aspecto altivo y su forma de vestir, luciendo enormes espadas de combate y ropas de corte medieval, demostraba la servil debilidad de sus espíritus y el poder al sometimiento que Luz Bel ejercía sobre ellos.

– Vaya, Vaya. ¡Que sorpresa! ¡Si son mis adorables amigos que nunca tienen tiempo de venir a visitarme!

– Los cuatro sonrieron, intentado eludir las sarcásticas palabras, pero Bastian no pudo reprimirse y dijo:

– Bueno. Ya tienes bastantes bufones para que te adoren. No creo que nosotros sirviéramos a tal fin.

Uno de los acompañantes de Luz Bel, lucía una larga cabellera oscura. De aspecto fornido, vestido con un atuendo guerrero con una enorme capa negra y portando en su espalda un mandoble de considerables dimensiones, se acercó a Clío y mentalmente le susurró:

– Bonito cuerpo. A ver cuando me dejas usarlo.

Clío se sintió ofendida y se agarró con fuerza a Bastian. Este notó que algo no marchaba bien y le dijo:

– ¿Qué te ha dicho el melenas éste?

– Nada, no te preocupes – Le susurró al oído.

– ¿Estás molestando a mi dama? – Preguntó Bastian un poco alterado.

– Molestar no es la palabra – respondió el guerrero – Simplemente le indicaba, que si algún día quiere ser amada como es debido, que me llame. No sé cómo es capaz de vivir con un enclenque como tú.

– Luz Bel, tus amigos nos están ofendiendo. Te recomiendo que te los lleves y dejen de molestar – Intervino Heracles.

– Por favor caballeros… un poco de educación, que mis amigos se están molestando – Pidió Luz Bel con una gutural carcajada.

El guerrero respondió:

– Cuando quieras, podemos ajustar nuestras diferencias en la arena donde supuestamente venciste a Luz Bel. Si te atreves, pregunta por Saitan. Quien gane, se lleva a la chica.

– Te ruego que depongas esa actitud insultante. Si tu rol en "G" es vivir según las normas del medioevo, elige bien con quién quieres jugar, porque no te voy a consentir que lo hagas con nosotros.

Saitan sacó rápidamente su espada y asestó un certero golpe en mitad de la cabeza de Bastian. Pero la espada no causo daño alguno. Sólo cuando se activaban los programas de juego, podían causar un daño aparente

– Tienes suerte de que no te pueda dañar.

– O tal vez la suerte la tengas tú – Replicó Bastian.

– Vamos, vamos, caballeros. Compórtense – Volvió a decir Luz Bel.

– No te lo repetiré – dijo Heracles – Márchate y déjanos en paz.

Luz Bel efectuó una media reverencia, y tras una enorme nube de vapor, desaparecieron él y todos sus acompañantes.

– Olvidemos este penoso incidente y sigamos divirtiéndonos – Propuso Atenea.

– No entiendo cómo pudieron llegar aquí – Dijo Heracles.

– Lo hicieron antes de la Supernova – respondió Bastian – Si fuera ahora, estarían dando vueltas alrededor de la esfera intentado entrar. No creo que la fuerza de su empobrecido espíritu les permitiera acceder.

– Olvidémoslo – insistió Clío dando un beso a Bastian –Hagamos caso a Atenea.

Así lo hicieron, y continuaron felices la excursión por aquella didáctica y enriquecedora ciudad.

El "tiempo" transcurría con total serenidad, y la calma reinante era el denominador común en la gran mayoría de los residentes de "G".

Luz Bel y sus seguidores, se sumergían cada vez más en su profundo resentimiento, envidia y odio, que enturbiaban la luz de sus espíritus. En su palacio, debatía sus argumentos con algunos de los más allegados.

– Lo lamentable es que nada les puede dañar, si no, se iban a enterar esos intelectuales de pacotilla – Dijo Saitan.

– No desesperes amigo – respondió Astaroth, un fornido guerrero de brutal aspecto – Estoy seguro de que Luz Bel encontrará la forma de dañarlos.

– Os puedo adelantar que estoy trabajando en un virus informático, aunque hasta ahora no he obtenido ningún resultado favorable. Pero no desesperéis, tenemos toda la Eternidad para lograrlo. Al final, conseguiremos hacer de este mundo el lugar adecuado para la completa diversión.

Todos rieron de forma grotesca y escalofriante.

Mientras tanto, en el infinito Espacio giraba la esfera de aspecto celestial, mecida entre las tinieblas y rodeada de diminutas energías que intentaban penetrar en su interior.

15

Con la rapidez, la pericia y el conocimiento que poseía, Luz Bel tecleaba con sus manos en el aire las múltiples ciber pantallas que se albergaban en su menú inventario. Su rostro reflejaba una siniestra mirada.

Astaroth irrumpió en la estancia, sacándole de su macabro éxtasis.

— ¿Me llamaste?

— Sí. ¿Cuántos seguidores tenemos?

— Son incontables. Cada día se acercan más, a gozar de las fiestas y las atracciones que ofreces, y la gran mayoría de ellos se afilian a nuestro Clan.

— ¿Algún recién llegado que sea un poco rarito? — Preguntó Luz Bel sin apartar la mirada de sus pantallas.

— Bueno, no me he fijado, pero imagino que alguno habrá – Dijo Astaroth.

Con un movimiento, Luz Bel materializó una enorme espada llameante que emitía unos destellos rojizos y un zumbido aterrador.

— ¿Qué es eso?

— Esto es el poder. Tómala y vamos a probarla con algún nuevo incauto. Si es tal y como yo preveo, nos dará el triunfo y el poder absoluto de "G".

– Al margen del temible aspecto que ofrece. ¿Qué es lo que puede hacer? – Preguntó Astaroth, mientras la cogía con las dos manos.

– Está claro que nada puede dañar ni destruir sus espíritus. Pero un certero golpe en la cabeza puede desintegrar su avatar.

– Sí. Pero sabes que Zeus creó un icono, con el que es fácil recomponer o cambiar el mismo.

– Eso es lo que quiero comprobar. Si mis cálculos son correctos, al quedar destruido el avatar, se introduce un virus que impide que otro avatar pueda ser acoplado, y entonces se convierte en una simple luz. Pero aquí no queda todo. Lentamente, el espíritu al no poder encontrar un avatar, es proyectado al exterior de la esfera. De la misma forma que algunos de los espíritus que la circundan pueden entrar, también pueden salir. No podemos matarles, pero si expulsarles.

Astaroth alzó la espada entre sus manos y emitió un enloquecedor rugido de furia

– Es poderosa. Siento su fuerza fluir en mi interior.

– Pues vayamos a comprobarlo. Convoquemos una justa para divertirnos y probémosla con alguno de los visitantes.

La gente se acomodaba en el ruedo de combate del palacio. Al aviso enviado, acudieron ávidos de diversión los residentes que pertenecían al Clan de Luz Bel, para gozar de los buenos espectáculos de lucha que se ofrecían.

Astaroth se situó en el centro del ruedo, blandiendo su poderosa espada.

– Este es Astaroth, Gran Duque del Clan – anunció Luz Bel – ¿Quién quiere medir su pericia con él?

El que consiga vencerle, formará parte de la alta jerarquía de palacio.

Un musculado recién llegado, de tosco aspecto y con la cabeza rapada, saltó al centro del ruedo.

– ¿Quién eres? ¿Cómo te llamas? – Preguntó Luz Bel

– Me llamo Spauwn. Soy un recién llegado y quiero formar parte del Clan.

– Si me vences, así será – Gritó Astaroth.

De repente, en las enormes manos de Spauwn, apareció una descomunal hacha de doble filo que blandió con gran destreza. Ambos contendientes se miraron y comenzaron a describir lentos círculos. Al mismo tiempo Luz Bel gritó:

– Activad vuestros programas de lucha y… ¡Que gane el mejor!

Al término de estas palabras, Astaroth descargó un enorme golpe que impactó en el terreno. Todo el recinto tembló, y una enorme chispa eléctrica recorrió toda la arena.

Spauwn saltó en un intento de esquivar aquella descarga, temeroso de que le hiciera perder alguna puntuación en su marcador de lucha. Al mismo tiempo, con su mano derecha y emitiendo un apagado y tosco silbido, descargaba todo el poder de su hacha, de forma transversal hacia el cuello de Astaroth.

Este, que estaba recuperando la posición tras haber descargado el primer golpe, tuvo el tiempo suficiente para retroceder levemente. El filo del hacha le pasó rozando la parte superior del pecho, con un chasquido y fuerte crujir de huesos, le seccionó parte de la clavícula. En el panel de puntuación de Astaroth se descontaron cien puntos, en mitad de una enorme explosión de júbilo de los asistentes.

Siguieron observándose el uno al otro. Luz Bel, envió un mensaje a su duque y lugarteniente.

– Déjate ganar. Pelea bien y nos puede servir.

Acto seguido, Spauwn notó que Astaroth perdía momentáneamente la concentración; y con un certero golpe de su hacha, le seccionó por la mitad. El público asistente voceó a grandes gritos el nombre del vencedor.

Su marcador se había quedado sin vida. Tras un leve movimiento, Astaroth se desprendía del programa de juego y recobraba su habitual y grotesca figura.

– Peleas bien – Le dijo al vencedor, poniéndole la mano en el hombro.

Desde su sillón, Luz Bel aplaudió.

– ¡Bravo! Creo Astaroth, que te ha salido un duro oponente. ¿Alguien que quiera derrotar a Spauwn?

De entre los asistentes saltó a la arena otro contrincante, ávido de entrar en la alta jerarquía de Luz Bel.

– ¡Yo mismo!

Era un muchacho joven, no muy musculoso y de una gran belleza.

– ¿Cómo te llamas? – Preguntó Astaroth.

– Miguel.

– Está bien, pero vamos a hacer un cambio. Esta vez tú lucharas con el hacha, y tú Spauwn, coge la espada de Astaroth – Ordenó Luz Bel, sin poder evitar una siniestra sonrisa.

Nuevamente, la escena se repetía. Los dos contrincantes se observaron durante unos minutos. Con un estudiado movimiento, Miguel deslizó su hacha de forma transversal, a la altura de las rodillas de Spauwn. A éste, apenas le dio tiempo de apartarse.

Las afiladas cuchillas le cortaron las rótulas, y en medio de un fuerte y espectacular salpicón de sangre, en su marcador se restaron cien puntos de vida.

Miguel, que había bajado la mirada para ver el sorprendente efecto del aparente daño que había causado en las rodillas de su oponente, en una breve fracción de segundo, sintió cómo la flameante espada de Spauwn se incrustaba sobre su cabeza. Su avatar quedaba seccionado por la mitad, cayendo al suelo en dos trozos y desintegrándose en mitad del griterío y risas de los presentes. Una luz brillante quedaba flotando en el aire.

Miguel buscó en su inventario y accionó el icono de carga del avatar que había adquirido a su llegada a "G", pero tras pulsar el mismo, éste no respondió; y después de un nuevo "clic", el citado icono desapareció.

– Si me disculpan un momento. Creo que tengo un problema. Voy a ver si recupero mi avatar – Dicho esto, desapareció ante las risas de los asistentes.

La dirección a la que Miguel había pretendido teletransportarse, era el Centro de Atención al Recién

Llegado, con la pretensión de cargar nuevamente su avatar. Pero sin entender nada, se vio transportado al exterior y quedó convertido en una luz que giraba alrededor de la esfera donde tanto le había costado entrar.

Antes de efectuar varios giros, con el fin de poder penetrar nuevamente en el interior de la esfera, se paró a analizar lo sucedido. Durante el corto tiempo que estuvo en "G", aprendió que nada ni nadie podía dañarle, por lo tanto algo estaba fallando. Recordó los días anteriores en los que visitó lugares hermosos, abrió su corazón y se dejó impregnar por el maravilloso entorno de "G". Alguien le había invitado al Palacio de Luz Bel, asegurándole una gran diversión. No le cabía la menor duda. Había caído en una trampa, y algo le decía que un nuevo peligro se cernía sobre "G". Ahora más que nunca tenía que volver a entrar. Debía avisar del inminente peligro.

Poco a poco se dio cuenta de que ya era tarde. A su alrededor, varias luces provenientes del interior de la esfera, se agolpaban extrañadas sin saber que estaba ocurriendo. Una de ellas, le manifestó que las gentes del Clan de Luz Bel, portadoras de una extraña espada de fuego, iban por las calles asestando golpes mortales a todos aquellos que no querían unirse a ellos. La gente desaparecía, quedaba desintegrada, siendo el resultado final la expulsión de "G".

Mientras tanto, Luz Bel en su palacio gritaba de júbilo:

— ¡Arrodillaos ante mi poder y adorad a vuestro Dios!

En ese mismo momento, Zeus era informado de los hechos.

En su casa se materializaban, Heracles, Proteo y Bastian.

— ¿Qué vamos a hacer? Luz Bel está desatando el caos — Preguntó alarmado Proteo.

— Lo sé. He intentado hablar con él, pero su única respuesta ha sido de locura.

— ¿Qué le dijo? — Preguntó Bastian.

— "Arrodíllate ante mí, y muéstrame obediencia o muere".

— Ha enloquecido — Manifestó Heracles.

— Sí. Creo que enloqueció el día en que descubrimos la inminente Supernova en la Tierra. El no lo sabe, pero yo sé bien quien era antes de venir. Por mucho que lo intentó ocultar, sé que es mi cobarde discípulo que huyó presa del pánico. Cuando sólo era una nube vaporosa sin cuerpo, ya me di cuenta de quién era.

— ¿Qué vamos a hacer? — Preguntó también Bastian.

— Esa espada, no es ni más ni menos que un sofisticado virus informático, que destruye el avatar y ejecuta un "ban" que expulsa del sistema al infectado. Debemos programar un antivirus. Pero para eso, tenemos que apoderarnos de una de las espadas, para poder hacer una igual y podernos defender.

– Cuente con ello – Prometió Bastian.

– Espera, te acompaño – Dijo Heracles.

– No. Tú serás de más ayuda aquí – Respondió Zeus – Y con un chasquido, desapareció.

Mientras tanto en el exterior, Miguel había logrado penetrar nuevamente en la esfera. No le fue difícil enraizar con el entramado de finos cables que unían a varias energías, y en pocos segundos, su energética luz se hacía presente en "G".

Intentó inspeccionar su inventario, pero éste estaba totalmente vacío. Sólo un pequeño icono de origen desconocido, se alojaba en un extremo de su ciber pantalla. No le dio tiempo a más, y antes de poder accionarlo, se vio proyectado nuevamente al exterior de la esfera. En ese momento, supo que se trataba de un virus informático, del que él nada entendía.

Su presencia en la Tierra había consistido en el manejo de los ingenios mecánicos que construían las casas. Su maestro le había enseñado bien. El resto de su tiempo libre lo había dedicado al descanso y la diversión, y nada había hecho por aumentar sus conocimientos. Su anterior vida, había pasado por la Tierra sin más pena ni gloria, que la existencia feliz y pacífica. La Supernova le había pillado muy joven y apenas había podido formar una familia.

De pronto le vino a la mente, que una vez escuchó un pequeño discurso de uno de los miembros del consejo. En especial, unas palabras que se le quedaron grabadas: "Cuando no sepáis hacia donde dirigir vuestros pasos, mirad en vuestro interior". Fue entonces cuando recordó una existencia anterior. Era un Investigador Privado, portador de un antídoto que fue la salvación y continuación de la Especie Humana.

Sólo le quedaba la opción de volver a intentar entrar en "G", y ver la forma de aislar ese nuevo virus.

Bastian se deslizaba silenciosamente por las cercanías del Palacio de Luz Bel. En una de las calles que conducían al mismo, observó como cuatro guerreros armados con sus llameantes espadas, inspeccionaban la zona en busca de algún otro incauto. Sigilosamente se acercó por detrás, y con un rápido movimiento, le propinó una tremenda patada en la espalda a uno de los guerreros. Éste dio un espectacular salto y se elevó a más de diez metros. Los demás se giraron, y con un desgarrador grito, descargaron sus espadas sobre Bastian. Las esquivó con gran destreza, al mismo tiempo que el guerrero al que le había dado la patada, descendía sobre él dirigiendo la espada hacia su cabeza. Bastian efectuó un nuevo giro, y la espada chocó contra el suelo despidiendo unas pequeñas chispas eléctricas. Golpeó la cara del guerrero y se apoderó de la espada, haciéndola chocar fuertemente sobre la cabeza de su adversario. En una corta fracción de tiempo y con una enorme destreza, los cuatro oponentes quedaban seccionados por la mitad. Sus avatares quedaban desintegrados y sus energías salían al exterior. Bastian guardó las espadas en su inventario y se teletransportó a casa de Zeus.

Las cuatro energías de los guerreros quedaron expulsadas de "G", causándoles sorpresa y estupor.

16

– **E**fectivamente – observó Zeus – Es un virus.

– ¿Podemos neutralizarlo? – Preguntó Heracles.

– Por supuesto. Todo lo que sabe se lo enseñé yo, y no creo que en todos estos años se haya preocupado por aprender algo nuevo. Es inteligente, pero incapaz de hacer algo que no haya copiado de los demás. Esta rutina que ha programado, ya la tenía yo creada para poder lanzar el Bosón. Lógicamente, él sabe efectuar todos estos programas porque yo le enseñé a hacerlo. Así que, para programar este virus ha seguido paso a paso todas mis técnicas. Es más, las espadas que tú has traído nos sirven como modelos para poder crear todas las que necesitemos. Así igualaremos las fuerzas. Por lo que me has contado que les sucedió a esos guerreros, cabe la posibilidad de que no tenga antivirus, o al menos, que sólo lo tenga para sí mismo. Vamos a proveernos de las mismas armas, pero con una ventaja: Sus espadas no nos dañarán, porque habremos neutralizado el virus en nosotros mismos.

– Tendrá que ser rápido porque están sembrando el caos. Temo por Atenea, Clío y...

– No te preocupes. He tomado medidas de seguridad en este Sim, para proteger a todos nuestros residentes y he bloqueado el acceso para todos aquellos que no residen en nuestras coordenadas – le tranquilizó Zeus – Les es prácticamente imposible acceder aquí. Con el antivirus y estas espadas, nosotros mismos acabaremos con ellos.

Mientras Zeus efectuaba los cálculos para crear el antivirus, Proteo deambulaba de parte a parte de la habitación. Con las manos detrás de la espalda, parecía murmurar entre dientes.

– Maestro. ¿Puedo saber en qué piensas? – Preguntó Heracles.

Proteo se detuvo.

– Creo que ha llegado el momento de lanzar al exterior la partícula de Dios.

– En eso mismo estaba pensando yo – Intervino Zeus.

– No entiendo, – dijo Bastian – qué utilidad tiene eso ahora.

– Proteo, será mejor que les expliques lo que habíamos hablado sobre la partícula.

– Con tu venia mi querido Zeus – Dijo Proteo mientras respiraba profundamente.

Heracles se sentó dispuesto a escucharle. Sabía que cuando su maestro tomaba esa actitud, el discurso iba a ser largo.

– Muy sencillo. Con estas espadas de fuego les expulsaremos de "G", pero es posible que puedan volver a entrar. Si lanzamos la partícula de Dios, crearemos nuevamente las galaxias, el Sistema Solar. Tras pasar el agujero negro, hemos vuelto al inicio, donde no había nada

– Sólo existía Dios, como dice La Biblia – Habló Heracles.

– En efecto, mi querido amigo – prosiguió Proteo – Separemos pues, la luz de las tinieblas. Creemos la Tierra y enviemos allí a todos ellos, incluido Luz Bel. Sellemos "G", para que sólo las energías más evolucionadas y perfectas puedan acceder a nuestro Cielo, y dejemos que en la Tierra consigan la perfección.

– Ya casi tengo el antivirus – Interrumpió Zeus.

En el exterior de la esfera, Miguel intentaba buscar una solución. ¿Por qué al entrar en "G" volvía a ser expulsado? Miró en su interior, le costaba hacerlo. En la Tierra siempre fue un hombre bueno, pero nunca se había preocupado por aprender la ciencia que le rodeaba. Miró a su alrededor. Vio como las demás almas seguían dando vueltas intentando entrar en "G". Almas que en su anterior existencia fueron violentas, egoístas y que desprendían una energía impura. Observó que su luz brillaba de forma resplandeciente, y ahora más que nunca, necesitaba entrar para salvar a los espíritus puros. Extendió su energía hasta rozar con suavidad la esfera formada por las vainas, y sintió el enorme poder que se encerraba en ella. Buscó un espíritu puro, lleno de bondad y amor. Y en su interior encontró la respuesta.

Zeus se levantó de su sillón, ante la sorpresa de sus expectantes amigos.

– ¿Ya está el antivirus? – Preguntó Bastian.

– No – respondió Zeus – Pero acabo de percibir una energía del exterior, que intenta comunicarse con nosotros.

– Sí, yo también la noto – dijo Proteo – Es la primera víctima de Luz Bel, con quien probó la espada de fuego. Dice que pudo entrar, pero que volvió a ser expulsado.

Rápidamente, Zeus se volvió a sentar en su sillón, y con gran pericia, terminó de cerrar el programa antivirus. Acto seguido se levantó. En sus manos apareció un haz de luz que emitía unas chisporroteantes descargas eléctricas.

– Intentemos traer a nuestro inesperado amigo – Dijo mientras lanzaba el improvisado rayo.

Del interior de la Esfera Celestial, surgió un haz de luz que se incrustó en la energía de Miguel. Éste, sin apenas hacer nada, se vio proyectado hacia "G", quedando su fulgurante espíritu en mitad del salón de Zeus.

– Gracias.

– Sé bienvenido amigo – saludó Zeus – He escuchado tu ruego, y he podido neutralizar el virus que te impedía volver.

Mientras le hablaba, le pasó el icono de creación del avatar. Miguel se puso en cruz con los brazos abiertos y la estrella plateada de cinco puntas le rodeó.

Mientras tanto, Zeus envió el antídoto a sus amigos, quienes tras recibirlo, esgrimieron en el aire sus espadas llameantes.

Cuando la luz se desvaneció, Miguel se quedó en pie con los brazos en cruz y mirando su cuerpo. Lucía una hermosa cabellera de tonos rojizos y unos ojos negros que emitían unos destellos en los que se adivinaba el poder de las galaxias. Con un leve movimiento de sus manos, una coraza dorada terminó de completar su atuendo de guerrero.

– ¡Expulsemos a ese reptil! – Animó Miguel, mientras en sus manos se materializaba la llameante espada de fuego.

– ¡Vayamos a por ellos! – Le siguió Bastian.

– ¡Un momento! Antes preparemos la cárcel donde quedarán confinados – propuso Zeus – Quien con un gesto materializó la urna de cristal donde se albergaba la citada partícula.

– Lancemos al exterior el Bosón, la partícula de Dios, y separemos la luz de las tinieblas. Hágase la luz para iluminar todas las energías vivientes que emanan del Todo – Pronunciaron con la mayor de las solemnidades.

De cada uno de ellos, emanó un poderoso rayo que enlazó con la bola de fuego. Y se pudo ver, cómo desde el interior de la plateada esfera, surgía un descomunal relámpago que atravesó en pocos segundos la inmensidad del Espacio. Una cegadora luz, seguida de una potente explosión, iluminó el Infinito con diminutas y destellantes estrellas.

1:3 Y dijo Dios: Sea la luz; y fue la luz.
1:4 Y vio Dios que la luz era buena; y separó Dios la luz de las
tinieblas. (Génesis)

— ¡Partamos ya, a separar la luz de las tinieblas de nuestra morada! — Arengó Miguel mientras elevaba la espada llameante.

Tras abandonar el Sim, los cinco improvisados guerreros se dirigieron volando hacia el palacio de Luz Bel. No se podían teletrasportar al mismo, ya que el acceso estaba bloqueado. Pero en esta ocasión, simplemente bastaba con acercarse a sus inmediaciones para poder presentar batalla.

Durante su vuelo, muchos de los residentes se fueron uniendo a la original escuadrilla, y tras recibir el antídoto, eran armados con la espada de fuego.

Luz Bel, ajeno a los acontecimientos, festejaba su triunfo antes de haberlo alcanzado. Desde su atalaya, alentaba a sus seguidores hacia el triunfo final.

— Vamos a asestar un duro golpe al Sim de los Gnomo Pioners. Ellos, con sus estrictas normas de convivencia, nos apartan por la simple cuestión de que pensamos de distinta forma y sólo queremos divertirnos.

— ¡Eso no es del todo cierto! — gritó Zeus desde las lindes del Sim de Luz Bel — En ningún momento os hemos prohibido la diversión, y la única norma siempre ha sido: "Haz lo que desees sin dañar ni molestar a nadie". Tu egocentrismo ha empujado a miles de entes al abismo.

– ¡No voy a seguir escuchando tus sandeces! Arrodíllate y muéstrame respeto y podréis salvaros – Gritó Luz Bel.

– ¡Sabes que eso nunca lo haremos! – Respondió Bastian.

– Mi querido Bastian. Tú has sido el primero que me ignoró y rechazó mi oferta de amistad. Así que basta de charla. Esto va a ser una sencilla batalla. Lástima que sólo seáis unos pocos.

Con un desgarrador grito, Luz Bel dio la orden de ataque.

Más de diez mil guerreros, armados con las llameantes espadas, rodearon al reducido grupo de no más de trescientos residentes.

Bastian alzó su espada, y moviéndola de forma rápida, como las aspas de un ventilador, se adentró en el descontrolado batallón de Luz Bel. Nada conseguía dañarlo. Al margen de su alta preparación, hacía que los demás parecieran inútiles con las armas.

Miguel fijó su mirada en Luz Bel y se adentró en la brigada de guerreros que les separaba hasta llegar a él. Algunas de las espadas impactaron en su cabeza, pero el virus no conseguía dañarlo. No ocurría lo mismo con las huestes de Luz Bel, ya que con cada golpe que les asestaban, quedaban desintegrados y expulsados al exterior de la Esfera Celestial.

Los demás; incluidos Heracles, Zeus y Proteo, daban muestra de su incapacidad para la lucha; pero al no poder ser dañados por las espadas de Luz Bel, con cada certero golpe, enviaban a uno de los guerreros hacia el oscuro Espacio.

Luz Bel no entendía nada. Ante su sorpresa, observó como sus guerreros iban cayendo uno a uno sin infligir el menor daño a sus rivales. Su egoísmo y vanidad, le habían impedido crear un antivirus para protegerse.

Al término de la desigual batalla, los guerreros de Luz Bel quedaron totalmente eliminados. Astaroth suplicó clemencia a Bastian arrodillándose ante él. Éste vaciló por un instante, pero por detrás surgió Miguel, que hundió su llameante espada en el centro del cráneo del tenebroso duque del Clan de Luz Bel, quien tras un enorme alarido, desapareció.

Saitan dio un enorme salto y se colocó delante de Zeus. Con gran destreza comenzó a asestarle tremendos golpes cargados de furia, pero nada conseguía dañarle. Lleno de confusión se paró. Zeus, mirándole y sin el menor esfuerzo, le hundió su espada en medio del corazón.

— ¡Maldito Zeus! — Gritó Saitan mientras desaparecía.

Finalmente, Miguel llegó hasta Luz Bel, al que miró fijamente a los ojos. Éste, lejos de suplicar clemencia, de forma arrogante le dijo:

— ¡Arrodíllate y adórame. Detestable bastardo!

Miguel sonrió, y con un rápido zig zag en forma de cruz, seccionó el avatar de Luz Bel en cuatro trozos. Tras un desgarrador grito, éste desapareció diciendo:

– ¡Yo os maldigo! Y juro que dedicaré mi Eternidad a sembrar en el ser humano el mal. La soberbia, la avaricia, la lujuria, la ira, la gula, la envidia y la pereza, se alojarán en el corazón de la Humanidad.

Su energía se tornó en una ígnea bola de fuego. Con cada una de sus palabras, cruzaba el espacio dando tremendos alaridos. Después se hizo el silencio y miraron a su alrededor. El palacio de Luz Bel comenzó a desaparecer, y el Sim donde se ubicaba, quedó reducido a un terreno oscuro y baldío. A lo lejos, una figura había permanecido en silencio con su espada de fuego en la mano. Era el único que no había presentado batalla.

– ¿Y tú quién eres? – Preguntó Miguel.

– Yo soy Spauwn. Capitán de los ejércitos de Luz Bel.

– Ya te recuerdo. Tú fuiste quien me venció.

– Yo fui engañado igual que tú. Desconocía el daño que podía hacerte. No voy a pelear contigo porque reconozco mi castigo.

Alzó su espada de fuego y se la auto incrustó en mitad de la cabeza. Mientras su cuerpo se desintegraba dijo:

– En mi destierro, intentaré evitar que Luz Bel ejecute su venganza.

Tras la batalla, regresaron a su Sim. Zeus dijo:

– Ahora debemos esforzarnos en ver la forma de traer a todas las víctimas de Luz Bel. Creo que son bastantes, así que tendremos que trabajar duramente.

La labor era ardua y difícil. Algunos seguían intentado entrar. Pero la Esfera Celestial, el entorno "G", había quedado sellado para que nadie pudiera acceder. Sólo aquellas almas limpias, los espíritus más puros, podrían gozar de su Eterna felicidad.

17

La partícula de Bosón que Zeus había lanzado, había generado enormes fuentes de energía. Una de ellas había formado una invisible barrera en torno a la esfera formada por las vainas. El entorno "G" quedaba totalmente sellado, y nada que portara la más mínima energía negativa podía dañarla o penetrar en su interior. Finalmente se habían podido recuperar las miles de almas que Luz Bel había lanzado al exterior, y nuevamente "G" volvía a su coexistencia feliz y pacífica.

El resto de las energías deambulaban en la oscuridad, en mitad de las recién formadas galaxias, víctimas de su defectuosa evolución.

Proteo paseaba junto a su amada Creusa, admirando el espléndido paisaje de un bello atardecer.

– Te noto triste – Observó Creusa.

Proteo sonrió. Le cogió de las manos y dijo:

– En verdad no tengo motivos aparentes para no ser feliz, pero en mi interior se aloja un soplo de tristeza por todas esas energías que vagan por el Espacio, incapaces de ver la luz.

– Te entiendo mi dulce amado. Algunas veces mi corazón también padece por ellos. ¿Por qué no vas a ver a Zeus? Tal vez, él tenga alguna respuesta.

— Es posible. Conociéndole, imagino que ya habrá reparado en ello y que algo estará haciendo.

— Ve a verle — Le animó Creusa, mientras depositaba un beso en sus labios.

Con un sutil gesto acompañado de una sonrisa, Proteo se desvaneció.

— Hola Zeus.

— ¡Mi querido y docto amigo! Ahora mismo estaba pensando en ti.

— Pues aquí me tienes.

— Ando estos días estudiando el Bosón — Comentó Zeus, mientras terminaba de cerrar unos programas que estaba ejecutando en su ciber pantalla.

— Algo en mi interior me decía que tú también andarías preocupado por esas pobres almas.

— Así es amigo. No puedo dejar de sentir amor por ellos y me duele lo que ha ocurrido. Algunas veces puedo apreciar su sufrimiento.

— ¿Qué podemos hacer? — Preguntó Proteo.

— Verás. Cuando lancé el Bosón me aseguré de poder mantener contacto con él. Como fuente primaria de vida de la que todos fuimos creados, no tiene ni principio ni fin, ya que su energía infinita gira a nuestro alrededor en un continuo movimiento. Por eso era muy importante poder controlarla. ¿Recuerdas lo que descubrimos al llevar a cabo las teorías de Möbius?

— Sí, claro que lo recuerdo. El Universo se contrae y expande de esa misma forma. Al ser engullidos por el agujero de la Supernova, fuimos transportados al pasado, es decir a un punto de la cinta por donde ya se supone hemos pasado.

— Pura física quántica, mi docto amigo. Entonces debemos de seguir expandiendo el Universo y crear un lugar donde estas energías puedan sobrevivir y perfeccionarse. Conforme vayan alcanzando la sabiduría pura, según se especifica en el árbol de la vida de la cábala hebrea, las energías que se vayan perfeccionando alcanzarán el Keter y podrán llegar hasta aquí.

— Me sorprende mucho que nombres el Árbol de la Vida..

— ¿Te sorprende? ¿Acaso piensas que eres tú el único que cree en esas cosas? Un científico como yo, también busca las respuestas en el misticismo.

— Dicho así ¿Crees que estamos en el Keter? — Preguntó Proteo, esperando con ansia que su amigo le diera la respuesta a una pregunta que llevaba haciéndose desde que había llegado a Gnomo World.

— Sinceramente, mi querido amigo. No lo sé. Yo sólo soy un científico aburrido y silencioso. Tengo toda la Eternidad para averiguarlo. Ahora sólo quiero ver la forma de salvar el mayor número de espíritus, energías, almas o como mejor te parezca definirlas.

Si alcanzarán el Keter o el Cielo, eso me da igual. Que cada cual piense lo que quiera. Así que seguiré trabajando en silencio para aumentar la cifra de los Trescientos Mil ungidos, por mucho que en La Biblia de Heracles se diga que son ciento cuarenta y seis mil.

– Pero entonces se volverá a repetir lo mismo en esta nueva dimensión – Manifestó Proteo con un gesto de preocupación.

– No exactamente. Recuerda el libre albedrío. Eso hará que muchas de las energías que no superaron esta prueba, tengan la oportunidad de llegar hasta nosotros, encontrando la perfección que en estos momentos la esfera exige.

– Entonces, sigamos expandiendo el Universo – Propuso Proteo.

– Sigamos, mi querido amigo – Manifestó Zeus, mientras abría su ciber pantalla y comenzaba a teclear sobre ella – Pero hagámoslo en silencio, sin esperar nada a cambio, sólo por ellos.

Proteo recordó que en la antigua religión de los Magos Elementales, la que él solía practicar, al Dios creador se le denominaba "Aquel que trabaja en silencio".

Y así, en silencio, ambos unieron sus energías y dijeron:

– Hagamos la Tierra, separemos las aguas, poblémosla de avatares formados de unidades de carbono y dirijamos a estas energías para que los ocupen.

Y así se hizo. La Tierra se pobló de todo tipo de animales, peces, aves y serpientes viscosas.

Pasó un largo tiempo para la Tierra, pero no para "G", pues allí el tiempo no existía.

Se volvieron a reunir y Proteo dijo a Zeus:

– Aún quedan muchas energías intentando entrar. Son las más evolucionadas, pero no lo suficiente para poder estar en "G" y eso me da tristeza.

– Zeus abrió su ciber pantalla y manifestó:

– Creemos entonces al hombre a nuestra imagen y semejanza. Que surja del barro y de la tierra y que las energías más avanzadas los posean.

Así como Zeus había creado los cuerpos de los avatares, uniendo los bloques de la ciber materia de "G"; de la materia de la que estaban formados los cuatro elementos, moldearon el barro y crearon los avatares de unidades de carbono en los que se albergaron energías inferiores. Y el tiempo y la evolución trajeron al hombre. Y como tenían el dominio del Bosón, crearon un hermoso jardín similar al de "G", donde todos podían convivir en paz.

Luz Bel y sus seguidores fueron arrojados a la Tierra. Como sus energías eran sucias y carecían de evolución, ocuparon avatares que se arrastraban por los suelos y producían asco al resto de los seres vivientes. Luz Bel, Saitan y Astaroth ocuparon los cuerpos de unas repugnantes serpientes.

En mitad del jardín enterraron el Bosón y lo taparon con un árbol que contenía toda la Ciencia del bien y del mal.

– La Historia volverá a repetirse – Se entristeció Proteo.

– Espero que esta vez puedan aprender y no vuelvan a cometer los mismos errores.

– ¿Tocarán el Bosón?

– El tiempo nos lo dirá. Si lo hacen, no podremos ayudarles.

– No entiendo.

– Verás – Explicó Zeus – El Bosón, también llamado partícula de Dios como tú muy bien sabes, al margen de ser la Fuente de Vida, es nuestra única forma de contacto con ellos. Si lo tocan, lo descubren. Entonces podrían acceder todos de forma indiscriminada a nuestro entorno "G", y nuevamente estaríamos en peligro, al caber la posibilidad de que Luz Bel y sus seguidores volvieran a entrar.

Mientras no lo descubran, nosotros podremos interactuar con ellos de forma discreta, ayudarles y guiarles. Pero si lo descubren, tendríamos que ocultarlo en las entrañas de la Tierra donde nadie pueda llegar hasta él, y pasaríamos a una segunda dimensión o segundo plano. Entonces, nada podríamos hacer. Seríamos invisibles a ellos, y poderles ayudar sería muy difícil, por no decir imposible.

– Por su bien, esperemos que no lo hagan.

En ese momento, Heracles se materializó ante ellos. Acto seguido lo hicieron; Bastian, Miguel y uno de los jóvenes recién llegados, que durante la batalla había demostrado gran entrega. A quien todos llamaron Gabriel.

– Creo que lo que hemos hecho es bueno – Anunció Zeus.

– Maestro – Intervino Heracles – ¿Habría posibilidad de poder poner junto al Bosón estos escritos?

– ¿Qué son?

– Es la historia de la Humanidad contada desde sus orígenes. Llamada Biblia. Este libro ayudó a muchos a llegar hasta aquí.

– Sí. Pero has de encerrarlo en un cilindro que pueda preservarlo del deterioro del tiempo; para que algún día, si llegan a necesitarlo, puedan encontrarlo – Expuso Zeus.

– Entonces, escondamos varios de ellos en lugares recónditos de la Tierra, y así, nos aseguraremos de que se propague la palabra.

– Enviemos un mensaje de amor, para que el hombre pueda aprenderlo y contrarrestar la maldición de Luz Bel – Propuso Gabriel.

– Hecho está – Replicó Zeus – Ahora podemos descansar.

– Eso espero amigo, eso espero – Suspiró Proteo.

– La cinta de Möbius no descansa. No tiene ni principio ni fin. Nosotros nos encontramos en su interior, somos el centro de la misma. Todos los caminos conducen hacia aquí, de la misma forma que todos formamos parte de lo Infinito, de lo Eterno – Expuso Bastian

– Pues entonces, gocemos de nuestro merecido descanso – Concluyó Zeus.

Y los residentes de Genome Wolrd, se dedicaron a disfrutar de los placeres de la Vida Eterna que ellos mismos habían creado.

SEGUNDA PARTE

(EL HIJO)

1

En "G", todo transcurría felizmente. Los residentes disfrutaban de una cómoda existencia, dedicando su Eternidad al estudio, al conocimiento y a gozar del amor. Su constante búsqueda de la sabiduría pura, les acercaba cada vez más a la perfección. Separadas la luz de las tinieblas y el bien del mal, la coexistencia pacífica resultaba muy fácil.

Alrededor de la esfera de "G", aún quedaban algunas energías que pretendían entrar; y otras que sólo al intentarlo, rebotaban y eran lanzadas directamente hacia la Tierra. La perfección que la Esfera exigía a las almas que podían entrar en "G", requería un nivel muy alto.

Tras el conflicto con Luz Bel, muchas de las almas que se encontraban en el interior de las vainas habían sido expulsadas. Las vainas habían mutado y se habían fusionado con la enorme Esfera.

Ya no se encontraban en su interior los cuerpos que inicialmente las ocuparon. Los espíritus que habitaban la Esfera Celestial, se fusionaban con la misma formando un solo ser. Ésta, había creado un ciber entorno donde los avatares podían interactuar de forma autónoma, de la misma forma que cuando sus energías ocupaban las vainas. Pero sus mentes, sus pensamientos, podían conectarse a voluntad. Un solo ser formado por varios seres, una sola energía formada por varias energías, un solo espíritu formado por varios espíritus.

Heracles se encontraba en medio de una enorme montaña. Le gustaba retirarse a la cumbre para meditar.

En su inventario, siempre llevaba una versión de aquel libro, que en los días finales de la Tierra tanto le había ayudado.

Absorto estaba en sus pensamientos, cuando frente a él se materializó Bastian.

– Hola Maestro – Saludó.

Heracles sonrió.

– Tú, y tu manía de llamarme "Maestro".

– Sé que si no hubiera llegado la Supernova, hubieras sido mi Maestro.

– Eso lo puedes dar por seguro – Respondió Heracles.

– Pues nada me impide que te llame Maestro para toda la Eternidad.

– Así sea, mi querido amigo. Puedes llamarme como te plazca, si eso te hace feliz.

– Sé que andas estudiando la Biblia, pero según las enseñanzas que yo tengo, no es del todo real. Como todo libro que fue escrito por los hombres, se ajusta al dictamen de unas normas de convivencia que las gentes de esa época debían de asimilar. Es el primer libro que dio paso a las leyes.

– Sí, en eso estoy de acuerdo. Pero en su interior he encontrado la paz de Dios, por eso le tengo tanto aprecio. Es más, me gustaría poder encontrar a Dios.

Bastian sonrió.

– Pero Maestro ¿Acaso no te has dado cuenta, de qué es Dios y dónde está?

– ¿Tú también vas a venirme con las mismas teorías de Proteo?

– No son teorías. Es un hecho demostrado. Se puede decir, que Dios somos nosotros.

– No puede ser – Dijo Heracles.

– Si nos atenemos a la Biblia, hemos creado la Tierra, el Universo.

– Me niego a reconocer eso, Bastian.

– Eres muy libre, pero tarde o temprano tendrás que rendirte a la evidencia.

– Entonces, Luz Bel y sus seguidores…

– Así es, Maestro. Son el maligno, el demonio – Afirmó Bastian.

– Hay algo que no me cuadra.

– ¿Qué Maestro?

– Según la Biblia, Dios ha existido siempre. Nosotros antes éramos seres caducos, mortales.

– Éramos. Tú lo has dicho. Pero nuestra energía, nuestro espíritu, evolucionó. Cuando logramos desprendernos de la avaricia y el egoísmo, fue cuando logramos evolucionar de verdad y construimos en la Tierra la sociedad perfecta. Un lugar donde el hombre simplemente vivía feliz y trabajaba en paz para servir a la

Comunidad. Fue entonces, cuando creó su propio Cielo. Este en el que estamos.

— Eso lo sé, mi querido Bastian.

— Pues, si aceptamos la teoría de Möbius (la cual vino a resolver muchas dudas sobre el movimiento continuo), si la aceptamos en el espacio, es cuando pasamos a denominar el continuo espacio-tiempo. Entonces, debemos de dar por válido que Dios es una energía infinita y eterna, que a través del continuo espacio-tiempo evoluciona; llegando a tal perfección, que crea su Cielo, retorna al pasado y crea el Universo. Y como no, al ser humano.

— Luego se crea a sí mismo — Sostuvo Heracles.

— Bueno, podríamos decir eso. Pero en realidad, Él ha existido siempre.

— Entonces, es Zeus.

— No, Maestro. Somos todos. Una sola energía formada por varias energías, un solo ser formado por varios seres y un solo espíritu formado por varios espíritus. Todo eso es Dios. El Todopoderoso y Eterno. Y está en cada uno de nosotros.

— Eso es del Nuevo Testamento o Biblia Católica — Dijo Heracles.

— La cual fue escrita por varios hombres. Cinco en concreto.

— Cuatro tengo entendido: Mateo, Marcos, Lucas y Juan — Puntualizó Heracles.

— Falta uno. Tomás. Pero la totalidad de sus escritos nunca vieron la luz. Sólo algunos fragmentos que la Iglesia Católica no pudo ocultar. El resto de sus

187

evangelios quedaron sepultados en el secretismo de la misma.

– ¡Vaya! Nunca pensé que tú también te habías dedicado al estudio de las religiones.

– En efecto, Maestro. Como tú bien dices, me dediqué al estudio de las religiones. Eso me llevó a que todas ellas tienen parte de verdad, pero no tienen la exclusiva de la verdad. Por eso el evangelio de Tomás, para mí es igual de válido que los otros cuatro.

– ¿Y que decía? – Preguntó Heracles.

– Jesús, el profeta del que hablan en sus escrituras, sobre su infancia y sobre sus enseñanzas, en la última cena dijo: "No busques a Dios en las iglesias, ni en los templos, ni en las construcciones. Busca a Dios en tu interior y en lo que te rodea. Parte un leño y me encontrarás, levanta una piedra y allí estaré". Él no decía que era hijo de Dios, más bien afirmaba que todos somos hijos de Dios. Porque en realidad, como puedes ver ahora, todos somos Dios en nuestro interior y en cada uno de nosotros.

– ¿Y Luz Bel? – Interrogó Heracles, ansioso por saber.

– Luz Bel es la parte no evolucionada de Dios. Para que exista el bien, se tiene que tener conocimiento del mal. Para que exista la luz, han de existir las tinieblas. Pura física elemental, mi querido Maestro. Para que haya energía, ha de existir el positivo y el negativo, lo masculino y lo femenino.

– Eres sabio Bastian. Creo que a partir de ahora también te llamaré Maestro.

Entonces... ¿Cabe la posibilidad de que algún día enviemos un hijo nuestro a la Tierra para combatir el mal?

– Realmente no es así. Porque somos energías y no podemos engendrar hijos – Respondió Bastian.

– Bueno... Tú, da tiempo a Proteo y a Zeus, y verás.

– No es así. Es posible que algún día enviemos a la Tierra algún residente para la salvación de los hombres, pero su mensaje será mal entendido y tergiversado por la codicia del hombre – Opinó Bastian – Pero eso, es algo que aún está por llegar.

– Definitivamente, tendré que llamarte Maestro – Insinuó Heracles, poniendo su diestra sobre el hombro de Bastian.

2

Atenea suspiraba y gemía de placer, mientras Heracles la penetraba con toda su pasión y su boca mordisqueaba sus endurecidos pezones, deseosos de las caricias de su amado. Con gran pasión, ambos se fundieron en un estremecedor orgasmo.

Después, quedaron tendidos en el lecho. Heracles, con la mirada perdida en el vacío, describía pequeños círculos sobre el abdomen de Atenea. Ésta acariciaba su pelo, y mirándole fijamente a los ojos le dijo:

— ¿Sabes? Me gustaría poder tener un hijo.

— Eso es algo que a pesar toda la ciencia que conocemos, aún no es posible. Recuerda que somos unas energías introducidas en unos avatares cibernéticos.

— ¿Por qué no vamos a ver a Zeus? Estoy segura de que si le planteamos la ecuación, él sabrá resolverla junto a Proteo. Han hecho muchas cosas. No creo que esto sea tan difícil.

— Hay un problema — afirmó Heracles — Para crear vida, se necesita una energía. Aquí, la energía simplemente adquiere un avatar. Lo que tú pretendes, es engendrar un cuerpo con su propia energía. Por mucho que Zeus pudiera acoplar a tu sistema un programa para quedarte embarazada, nunca podría generar una energía que ocupara ese nuevo ser.

— Eso me llena de tristeza. ¡Me gustaría tanto tener un hijo engendrado con nuestro amor! – Suspiró Atenea mientras le besaba.

— Científicamente no es posible.

Cuando éramos unidades de carbono en la Tierra, ocupábamos un cuerpo físico finito cuya mente bloqueaba nuestra energía interna, la cual se comunicaba o intentaba dirigir nuestras emociones por medio de los sueños. Ahora somos energías que ocupan un casi perfecto avatar.

— Pues volvamos a la Tierra, amémonos y engendremos un hijo – Propuso Atenea, llena de emoción.

— Eso no garantizaría que nos pudiéramos conocer allí. Tendríamos que nacer, crecer y esperar que el destino nos uniese.

— Tal vez Zeus podría ponernos en unos cuerpos y redireccionarnos para que nos uniéramos.

— La mente física bloquearía nuestro espíritu. No es posible mi dulce Atenea, eso no es posible. Es más, no creo que Zeus se prestase a ese capricho.

— Está bien tesoro. Si tú dices que no es posible, no lo haremos.

— Tal vez, en algún momento terrestre podamos, pero ahora no es posible mi vida.

De repente, Heracles se quedó mirando al vacío.

— ¿Qué ocurre amor? – Preguntó Atenea.

– Acabo de recibir un mensaje de Zeus. Dice que vayamos a su casa. Tiene algo que decirnos.

– Pues vayamos, cariño – Dijo Atenea mientras besaba a Heracles.

Con un rápido movimiento, sus cuerpos desnudos quedaron cubiertos de finas telas de seda. Heracles, con su acostumbrada túnica; y Atenea, luciendo una seda que envolvía sugerentemente su escultural cuerpo. Ambos se cogieron de la mano y se evaporaron en mitad de la estancia.

– Ya estamos aquí – Dijo Heracles.

Al mismo tiempo, se materializaban Bastian y la bella Clío, Proteo y Creusa, y Miguel.

– Sed bienvenidos a mi morada – Saludó Zeus.

– ¿Para qué nos has llamado? – preguntó Proteo extrañado – ¿Hay algún problema?

– Sí. Los humanos han descubierto el Bosón.

La Energía de Luz Bel es muy poderosa, y su poder prevalece sobre la mente del reptil que ocupa. Les ha engañado y se han apoderado del Bosón.

– ¿Por qué lo pusimos allí? – Preguntó Miguel.

– Porque era vital para crear la Tierra – respondió Zeus – Necesitábamos que estuviera cerca de ellos para mantener el equilibrio de la galaxia.

– Tengo una duda – Dijo Heracles.

– Tú dirás, amigo – Respondió Zeus.

– Después del Big bang que causó el Bosón, se formaron muchas estrellas a las que circundan otros planetas. Entiendo, que en cada una de ellas se alberga vida como en la Tierra.

— Verás. El Bosón creó nuestro Sistema Solar, es decir, nuestra Tierra. Nos sacó de la oscuridad y del agujero negro donde nos habíamos adentrado, y hemos viajado al pasado.

Las otras galaxias ya estaban, pero están a tanta distancia, que desde la Tierra es imposible llegar, porque se encuentran en otra dimensión del continuo espacio-tiempo. Es decir, lo único que encontrarías en esas galaxias, sería la Tierra en otro nivel de evolución.

— Digamos, que desde aquí tienes otra perspectiva. Simplemente ves el Espacio desde varios ángulos. Es como si vieras la cinta de Möbius desde fuera — dijo proteo — Pero no entiendo, qué es lo que tiene que ver tu pregunta con el Bosón.

— Simplemente pensé, que tal vez lo podíamos haber escondido en otra galaxia — Respondió Heracles.

— Cada Galaxia, tiene un planeta que en su interior alberga un Bosón. Era necesario — Dijo Zeus.

— ¿Entiendes ahora lo que comentamos aquella vez, sobre la naturaleza de Dios? — Intervino Bastian

— Sí. Lo entiendo — Respondió Heracles.

— Pues bien. Alguien ha de bajar a la Tierra, recuperar el Bosón y derrotar nuevamente la posible rebelión.

— Yo iré — dijo Miguel — Ya vencí una vez a Luz Bel y lo volveré a hacer.

— ¿Y cómo bajarás? — Preguntó Atenea interesada.

— Muy sencillo — dijo Zeus — Proyectaremos tu avatar en mitad del Jardín al que llamamos Edén, y que es una copia de Gnomo Pioners. Una vez allí, expulsarás a sus residentes. Y con la espada de fuego, enviarás el Bosón al interior de la Tierra.

– ¿Y qué haré con Luz Bel?

– Deberás vencerle. Pero desconfía de su poder. Nada podrá dañarte, pero desconfía.

– ¿Y cómo lo haremos? – Preguntó Bastian.

Con un breve gesto, apareció ante ellos una especie de puerta que desprendía chispas, dando la impresión de que la misma estaba en llamas.

– Cuando atravieses esa puerta, estarás solo – Dijo Zeus.

Heracles entonces, recordó lo que había leído en la Biblia acerca de la Zarza ardiendo, pero calló. Algo en su interior, le decía que esa puerta se volvería a utilizar.

– Pues bien – dijo Miguel – Vayamos a darle otra patada a Luz Bel.

– Luz Bel es un nombre demasiado bonito para un ser tan despreciable. Su luz ya no es hermosa, es repulsiva , feroz. Para mí, a partir de ahora será Lucifer – Dijo Atenea.

– Así se lo diré cuando le expulse – Dijo Miguel mientras cruzaba la llameante puerta.

Nada más atravesar la puerta, se vio en mitad del Espacio. Su avatar resplandecía con una transparente luz. Con un enorme chispazo se vio proyectado hacia la Tierra.

Una vez en el Jardín del Edén, observó cómo unos pocos hombres y mujeres bailaban alrededor del Bosón, que se hallaba rodeado por una serpiente pitón de considerables dimensiones.

Miguel se situó en el centro, justo al lado de la terrorífica serpiente. Los hombres y mujeres, al ver la súbita aparición de Miguel con su destellante figura blandiendo la espada llameante en alto, corrieron presas del pánico. Una vez arrojados del Jardín del Edén, dio media vuelta, y con un certero golpe partió en dos a la serpiente, dejando libre el Bosón.

– ¡Maldito seas Miguel! – Dijo Lucifer.

– Tú no tienes suficiente poder para maldecirme. Has sembrado el mal y el odio entre los hombres.

Del interior de la serpiente surgió la brillante luz de Lucifer, que dijo:

– ¡Os lo advertí cuando me arrojasteis de "G"!

– ¡Pues recibe tu propio castigo! – Contestó Miguel, mientras descargaba su llameante espada sobre la luz. Ésta, tras recibir el fuerte impacto, se precipitó hacia el interior de la Tierra, quedando así cautiva.

A sus seguidores, que se alimentaban de su energía, se les borró el recuerdo. Quedando convertidos en simples animales, pendientes de su propia evolución.

Miguel golpeó con su espada en el suelo, y tras abrirse un enorme cráter, el Jardín del Edén desapareció.

Cogió el Bosón y lo fusionó al núcleo de la Tierra, para que nada ni nadie pudieran tocarlo. Al hacerlo, tuvo en un solo instante en su interior, todo el poder de la galaxia. Fue entonces cuando entendió la verdadera fuerza y el poder de Dios. Y allí quedó recluido, para formar parte del Todo en el momento de la Supernova.

Desde "G", y a través de la ciber pantalla que Zeus tenía en su casa, fueron testigos mudos de lo ocurrido.

Miguel miró hacia los cielos, y su resplandeciente y luminoso avatar se elevó, desapareciendo ante los atónitos ojos de aquellos que habían sido expulsados; y que, habiendo estado tan cerca del Bosón y conocido su poder, se dieron cuenta de que estaban desnudos y conocieron lo que los residentes de "G" habían querido evitar. La idea del bien y del mal.

Mientras observaba la ascensión de Miguel hacia "G", Heracles recordó:

22 Después el Señor Dios dijo: "El hombre ha llegado a ser como uno de nosotros en el conocimiento del bien y del mal. No vaya a ser que ahora extienda su mano, tome también del árbol de la vida, coma y viva para siempre". 23 Entonces expulsó al hombre del jardín de Edén, para que trabajara la tierra de la que había sido sacado. 24 Y después de expulsar al hombre, puso al oriente del jardín de Edén a los querubines y la llama de la espada zigzagueante, para custodiar el acceso al árbol de la vida. (Génesis 3,22,23)

En medio de una fuerte llamarada, Miguel atravesó la puerta que quedó sellada a su paso, y se desvaneció.

Y Zeus dijo:
– A partir de ahora, el hombre está solo.
– ¿Podremos dirigir sus pasos? – Preguntó Proteo
– Sólo en aquellos momentos que creamos conveniente, siempre y cuando no interfiera en su propia evolución, y para poder atraer hacia aquí a aquellas

energías que ya no necesiten reencarnarse para alcanzar la perfección.

A partir de ahora, la Esfera Celestial queda sellada y es invisible para todos ellos.

3

Atenea se materializó en la casa de Zeus

— Hola bellísima Atenea. Que sorpresa tan agradable — dijo Zeus mientras apartaba la vista de la pantalla donde podía ver el Espacio y la Tierra — ¿A qué se debe el honor de tu visita?

— Al margen de saludarte, vengo a hacerte una propuesta. Observo que siempre estás mirando esa pantalla que comunica con el exterior.

— Me preocupa el destino de las almas, y me duele ver cómo el mal se apodera de los hombres — Dijo Zeus emitiendo un desalentador suspiro.

— Gnomo se nos ha ido de las manos — Dijo Atenea.

— Veo, que tú tampoco eres feliz.

— Sería feliz si todos estuvieran aquí, conviviendo en una Eternidad de amor y paz, gozando de todos los placeres que ofrece "G". Pero en la Tierra, la avaricia y el egoísmo del hombre, les hace ser infelices — Respondió Atenea mostrando la tristeza en su rostro.

— ¿Y qué sugieres? — Preguntó Zeus — Porque algo me dice que éste es el motivo de tu visita.

— Enviemos un salvador. Alguien que les muestre el camino.

– Eso no es posible.

– Sí lo es, y tú lo sabes. Además, en un pasado ya se hizo – Expuso Atenea muy segura de sí misma.

– Y fracasó – Replicó Zeus.

– Pero esta vez puede que no fracase.

– Mira. He estado repasando punto por punto el libro que Heracles tenía. Yo mismo intenté salvar al Pueblo Hebreo e inspiré a Moisés. Y lo único que conseguí, fue verlos inmersos en crueles guerras. Les ofrecí unas normas y no han sido capaces de comprenderlo.

– Enviemos pues un salvador, que les hable de forma que puedan entenderlo – Dijo Atenea.

– Ya viste el resultado. Con el tiempo su mensaje fue desvirtuado, mal entendido y se convirtió en una doctrina opresora. No saben bien lo que es el amor; el principio de "G", el motor y la energía que mueve nuestra sociedad. No lo entenderán.

– Déjame intentarlo – Pidió Atenea en tono suplicante.

– ¿Cómo? – Preguntó Zeus extrañado.

– Muy fácil – Intervino Heracles mientras se materializaba en la estancia.

– Envíanos a los dos, de forma que podamos engendrar un hijo. Cuando lo hayamos hecho, mandas a alguno de nosotros para que su espíritu ocupe ese cuerpo y pueda salvar al hombre. Enseñarles y hablarles de la felicidad que les espera en "G".

–. Yo puedo ser ese hijo – Dijo Bastian mientras se materializaba.

Zeus sonrió levemente.

— ¡Vaya! Me da la ligera impresión de que ya lo teníais preparado.

— Está claro que sí lo tenían preparado. Pero me niego a que sea Bastian — Intervino Proteo tras materializarse en la sala.

Esta vez, Zeus emitió una grave carcajada lleno de júbilo.

— Definitivamente, esto es un complot.

— ¿Por qué no puedo ser yo? — Preguntó Bastian.

— Pues, por la sencilla razón de que tu técnica nos puede ser de mayor utilidad. Y de la misma forma que Miguel bajó al Jardín del Edén, tú también podrías bajar en un momento de necesidad.

— Creo que antes de decidir quien iría, deberíamos de saber cómo lo haremos — Propuso Heracles.

— Muy Sencillo. En primer lugar, expulsaríamos al posible padre — Dijo Zeus

— ¿Expulsar? — Se extrañó Atenea.

— Sí, expulsar. Al quedar el espíritu libre de Gnomo World, su energía se proyectaría hasta la Tierra. Allí nacería. Luego enviaríamos a la posible madre; y ya desde aquí, podríamos controlar un poco algunos de los acontecimientos para hacer que éstos se conocieran y engendraran un hijo, para entonces enviar al salvador.

— Pero… ¿No sería más fácil enviar al salvador directamente? — Preguntó Proteo.

— No. Porque estos tres envíos serían especiales.

— No entiendo — Dijo Bastian.

– Vamos a ver. Estamos intentando enviar a uno de nosotros, a una de nuestras energías a la Tierra, para que como ser humano conviva entre los hombres. ¿No es cierto? – Dijo Zeus.

– Así es – Respondieron todos.

– ¿Acaso creéis que esto es como teletransportarse a otro Sim? Esto es algo mucho más complejo.

Una cosa es que hayamos podido enviar a Miguel en un momento determinado y por un corto espacio de tiempo. Pero todo esto conlleva un peligro.

Cuando el espíritu tome posesión de un cuerpo biológico, su cerebro, su consciente, irá eliminando el subconsciente, vuestro verdadero ser. ¡Vamos! De eso ya hemos hablado muchas veces.

– ¿Y no se puede hacer nada para que ese subconsciente se conserve y prevalezca? – Preguntó Atenea

– Puedo inducirlo por medio de sueños y por medio de algún emisario que podamos desplazar en un momento dado.

De todas formas, vuestra energía es tan poderosa y perfecta y está tan desarrollada, que cabe la posibilidad de que pueda prevalecer por encima del consciente. Pero eso es algo que no sabremos hasta que lo llevemos a la práctica. Para ello, tenéis que nacer en la Tierra y morir para volver aquí.

– Es muy arriesgado sin saber si va a salir bien. Al menos, deberíamos de tener la certeza de que el salvador recordaría quién es realmente. – Puntualizó Proteo.

— Tal vez, mi amigo y colega Galius nos pueda dar alguna solución – Expresó Zeus

— Desde que llegó aquí, siempre se ha mantenido al margen de todo – contestó Proteo – Se encerró en su Sim y se aisló de todos nosotros. No creo que nos pueda ayudar.

— Te equivocas amigo – dijo Galius mientras se materializaba – Es cierto que me he mantenido alejado de todos, pero siempre he estado investigando y estudiando, y lo que es más, siempre he mantenido contacto con Zeus.

— En el fondo, siempre hemos trabajado juntos – Ratificó Zeus.

— Y si he venido, es porque lo que queréis hacer es una locura.

— No creo que el querer salvar a la Humanidad, deba de ser considerado una locura. – dijo Proteo – Por cierto ¿Cómo sabías que estábamos aquí?

— Veréis. Si abandonáis "G" y os encarnáis en cualquier ser, lo más probable es que no recordéis ni para qué habéis ido a la Tierra. Solamente al quedar vuestras mentes libres del consciente de vuestro cerebro, es cuando lo recordaréis – explicó Galius – Y en cuanto a tu pregunta. Yo siempre estoy en contacto con mi docto colega.

— Entonces. ¿Cómo es posible que Luz Bel recordara quién era? – Dijo Bastian.

— Muy sencillo. Su energía se reencarnó en un ser de mente muy débil, una serpiente. Pero no creo que pudierais ayudar a nadie siendo una serpiente – dijo Galius – Sólo hay una solución.

— ¿Cuál? – Preguntaron todos.

— La madre ha de ser virgen. No puede conocer varón hasta que haya sido engendrada por un emisario que conducirá la energía del salvador hacia su útero.

Una vez engendrada, el salvador se reencarnará en ese ser, manteniendo su identidad sobre el consciente de su cerebro, así como sus conocimientos. De esa forma, sabrá cual es su misión y el por qué está allí.

— ¿Virgen? – Dijeron todos.

— Sí, virgen – Respondió Galius.

— No entendemos el por qué – Exclamaron todos.

— Como os he dicho antes. Es muy importante que el subconsciente del salvador, prevalezca sobre el cerebro físico. El cual, conforme se va desarrollando, relega a un segundo plano los recuerdos de una vida anterior, anulando por completo el yo actual; es decir, la conciencia del espíritu. De esa forma, el salvador viaja con su avatar; o mejor dicho, se implanta un ciber óvulo en la madre, que desarrolla en un cuerpo físico; pero el cerebro que desarrolla es el del avatar, donde está el espíritu.

Para que lo entendáis. El feto nace sin cerebro físico, y en la cavidad del mismo, está toda la energía del huésped, con sus conocimientos y poderes de "G".

Para que esto se pueda llevar a cabo, es imprescindible que la madre sea virgen y tenga el himen intacto, para que el ciber óvulo se pueda desarrollar y absorber el ADN de la madre.

– ¿Entonces el hijo tendrá el mismo código genético que la madre? – Preguntó Heracles entusiasmado con el proyecto.

– No – respondió Galius – Utiliza el mismo código para crear un nuevo ser, pero sólo es un avatar de carne y hueso que adopta la forma del código que lleva el avatar del portador.

Es una complicada función matemática, que simplemente implanta un óvulo en una matriz reproductora, para crear un cuerpo físico que va a ser dirigido por una energía física.

Todos les miraban un poco extrañados, sin entender nada. Proteo miró a Zeus con una sonrisa, éste le guiñó un ojo.

- Si me permiten, yo se lo explico, mis queridos amigos – dijo Proteo –

Al poco de entrar en el Consejo de Sabios, se nos planteó una cuestión ética. Era la utilización de androides.

Todos estuvimos en contra, y el proyecto quedó arrinconado, ya que al fin y al cabo se trataba de crear unos cuerpos humanos con un cerebro positrónico.

Esto era lo más parecido a la esclavitud, y en honor a las enseñanzas que nos dejaron los Trescientos Mil ungidos, se almacenó.

Pues bien, utilizando la misma técnica, la madre hace de matriz para crear un cuerpo físico cuyo cerebro será la energía de uno de nosotros, con un sofisticado programa informático que hará las veces de cerebro positrónico.

– Cuesta creer eso – Dijo Bastian.

– Pues es posible – afirmó Proteo – Este par de científicos chiflados, cuando se juntan dan miedo.

Galius y Zeus rieron estrepitosamente.

– ¿Lo habéis entendido? – Preguntó Galius

– Sí y no, o a medias – contestó Heracles – Lo importante es que vosotros lo tengáis claro y no haya fallos.

– Todo está perfectamente controlado – Respondió Zeus

– Pues entonces todo arreglado. Pongámonos en marcha y elijamos al salvador – Dijo Bastian con tono muy animado.

– Zeus, dejemos a estos maravillosos locos que decidan eso y vamos a mi casa. Hay que estudiar y efectuar muchos cálculos para poder dar luz a este disparatado plan.

– ¡Virgen! – Exclamaron todos, menos Heracles.

– Sí, virgen. Así está escrito – Respondió él.

4

Galius y Zeus se esmeraban en el proyecto "Salvador". Mientras tanto, Proteo y Heracles disertaban sobre quién debía de ser el portador del mensaje de Paz.

– Creo que debería ser yo – Propuso Heracles.

– No lo creo conveniente – Respondió Proteo.

– ¿Por qué?

– Por la sencilla razón de que tú estás muy influenciado por la Biblia.

– ¿Acaso no es la visión más correcta e histórica de la Humanidad? – Contestó Heracles.

– No. – afirmó Proteo –

Ese libro habla de un Dios, y está escrito de forma que pueda ser interpretado por las gentes carentes de cultura. Pero la historia demostró que su contenido fue mal interpretado y tergiversado por los hombres, a su antojo y necesidades.

Muchos gobernantes y señores de la guerra, lo adoptaron para crear una política de sometimiento.

De ese libro, surgieron los reyes y filosofías políticas que sometieron al ser humano. Nuestra filosofía es distinta. Nadie está por encima de nadie.

No dudo que parte de esas escrituras se hayan realizado por nuestras intervenciones, y los historiadores hayan creado una religión de ello. La historia nos ha demostrado que fue la religión suprema. Eso sería lo mismo que aceptar que nosotros somos ese Dios.

– ¿Acaso no lo somos? – Preguntó Heracles.

– No – respondió Proteo – Dios es mucho más que lo que ese libro pretende demostrar. ¿Recuerdas las veces que te he hablado de la cinta de Möbius?

– Sí, lo recuerdo. Y créeme que he meditado mucho sobre eso. Nosotros separamos la luz de las tinieblas.

– Nosotros, lo que hicimos fue poner en marcha la partícula Bosón, también llamada partícula de Dios. Y esa es la verdadera esencia.

Dios es Todo y Todo somos Dios. Por eso, nadie está por encima de nadie.

Nosotros, en nuestra sabiduría, no necesitamos que nadie nos adore, porque estaríamos en el mismo error que Luz Bel. Si queremos erradicar el mal de entre los hombres, debemos evitar cometer el mismo error.

– Según la Biblia, el Salvador cambió la idea de Dios – rebatió Heracles – Ofreciendo una visión más concreta del Reino de los Cielos.

– Así es. Pero sus palabras a través de la historia, fueron mal interpretadas y se tomó lo que interesaba, el resto fue considerado apócrifo. Por eso, los escritos de Tomás fueron tachados de herejía.

– Lo sé. Además, de todo eso ya hemos hablado varias veces – Dijo Heracles.

– Pues llevemos un mensaje claro y hablemos a los hombres en un lenguaje que puedan entender. Aunque sigo pensando que será inútil, pero al menos servirá para intentar dar un mensaje de amor. En eso debemos de basar este proyecto – Proteo suspiró y continuó diciendo:

– ¿Alguna vez te has parado a pensar, por qué después de la Gran Hecatombe, la gran mayoría adoptó nombres de origen griego?

– La verdad es que nunca me lo he planteado.

– Verás. Los Trescientos Mil, quisieron ofrecer al Mundo Nuevo una visión distinta, por eso crearon un nuevo decálogo que les alejase de muchos de los errores que se cometieron. Así, si el primer mandamiento decía "Amarás a Dios sobre todas las cosas", éste se cambió por "Amarás a tu prójimo sobre todas las cosas, como a ti mismo". Te puedo asegurar que esto no ofende a Dios, porque El no es vanidoso. Y si amas a tu prójimo, estás amando a Dios.

Anterior a la Biblia, hay otro libro que posteriormente fue considerado un mito. Así surgió la Mitología Griega, donde Zeus era el Todo Poderoso.

– Muy Curioso – Dijo Heracles.

– Pero si los lees, verás que entre los dos hay una cierta similitud; la creación del mundo, del hombre y la descripción del bien y del mal entre sus Dioses. Algo tan parecido, como lo que nos ha ocurrido aquí con la batalla que libramos contra Luz Bel.

Por lo tanto, y teniendo en cuenta que esos libros fueron escritos por los hombres, cada cual escribió según sus creencias y conveniencias. Nadie está en posesión de la verdad. Lo único cierto, es que se encuentra dentro de ti. En el interior de cada uno de nosotros, de nuestra energía indestructible. Allí, es donde realmente está Dios. Eso, creo que ha quedado sobradamente demostrado aquí en "G".

Lo que llamamos misticismo, es pura física quántica. Nosotros nos movemos en un continuo espacio-tiempo, sin principio ni fin. Y cada uno de nosotros, un átomo o una célula, es Dios. Y el inmenso poder que se encierra en cada uno de nosotros, consiste en encontrar el equilibrio entre el bien y el mal, lo positivo y lo negativo.

– Entonces. ¿Hasta un destructor virus es Dios? – Preguntó Heracles, lleno de admiración por su Maestro.

– En efecto, mi querido amigo. Porque hasta ese virus tiene su antídoto que lo neutraliza, formando parte del equilibrio natural del Universo.

– Entonces, no me cabe la menor duda de quién ha de ser el Salvador – Dijo Heracles

– ¿Quién? – Preguntó Proteo

– Tú, Maestro. Y para mí, será un honor ser tu padre en la Tierra.

– Y para mí, será la mayor de las alegrías ser tu madre en la Tierra – Irrumpió Atenea mientras se materializaba frente a ellos.

– Eso me llenaría de gozo, y además reforzaría el conocimiento de que todos somos Dios. Padre creador, hijo nacido del Padre en fusión con el Espíritu, y con Él forman una sola unidad. Tres personas distintas y un sólo Dios verdadero – Dijo Proteo respirando profundamente.

– Yo no lo habría descrito mejor – Afirmó Heracles.

– Entonces, sólo debemos de esperar a que Galius y Zeus concluyan los cálculos – Expresó Atenea con una enorme sonrisa.

– Te veo muy ilusionada con este proyecto – Dijo Proteo

– La verdad, es que sí lo estoy.

– ¿Sabes que sufrirás dolor y morirás? – Preguntó Proteo

– Lo sé. Pero mi última vida, la que recuerdo, no fue muy activa que digamos. Necesito dar amor y recibirlo.

– No recordaréis nada, porque vosotros naceréis de la misma forma que nacen todos los hombres. Y sólo la fe, hará que no os alejéis del camino.

– Es un riesgo que valdrá la pena correr – Dijo Heracles.

En medio de un reluciente chispazo, se materializaron en la estancia; Zeus, Galius, Bastian, Clío, Miguel y Gabriel.

– Esto me recuerda, que tengo que ampliar el salón de mi morada – Bromeó Proteo.

– Cualquier sitio es bueno para nuestras reuniones – Respondió Galius mientras sonreía – ¡Y que precisamente sea yo quien dice eso! El que siempre ha permanecido aparentemente alejado de todos vosotros.

– Sólo aparentemente – Contestó Zeus.

– Esta improvisada reunión, creo que viene a indicar que ya tenemos los cálculos hechos – Intervino Heracles.

Terminados los besos y abrazos, a los que estaban acostumbrados cada vez que se encontraban todos, Zeus cedió la palabra a su amigo Galius, quien materializó una pantalla en mitad del salón y se dispuso a presentarles el plan y los cálculos para el envío del Salvador a la Tierra.

– En primer lugar, enviaremos al padre. Éste abandonará "G" de una forma muy especial. Como si fuera expulsado, su energía se proyectará hacia la Tierra. Al mismo tiempo, partirán con él: Gabriel, Miguel y Bastian, pero éstos lo harán por la puerta que ya hemos utilizado en algunas ocasiones para comunicarnos con la Tierra. Una vez hayan dirigido la energía de Heracles hacia un óvulo fecundado, los tres regresarán.

– ¿Y por qué los tres? – Preguntó Proteo.

– Gabriel dirigirá la energía del Padre. Bastian y Miguel los protegerán para evitar una posible intervención de Luz Bel – respondió Galius – Después, de la misma forma, enviaremos a la madre. Desde aquí y a lo largo de sus vidas, influiremos para que ambos se unan, y cuando la madre esté en facultad de engendrar, enviaremos al Salvador. Pero su energía irá envuelta en un óvulo que generaremos desde aquí. Éste se implantará en el útero de la madre y se engendrará en un avatar distinto, medio humano y medio residente de "G", por lo que en su interior se albergarán los recuerdos de aquí, y el motivo por el cual está en la Tierra.

– ¿Funcionará? – Preguntó Atenea llena de esperanza.

– Funcionará – afirmó Zeus – Ahora, sólo nos queda elegir a quienes irán.

– Mientras hacíais los cálculos, hemos pensado que Heracles y yo seremos los padres – Sugirió Atenea con un hermoso brillo en sus ojos.

– Por su experiencia y sabiduría, creemos que Proteo es el más indicado para ser el Salvador – Dijo Heracles.

– ¿Estáis todos de acuerdo? – Preguntó Zeus.

– ¡Sí! – Respondieron al unísono.

– ¡Pues llevemos la buena nueva a los humanos! – Concluyó Proteo.

5

Todo estaba preparado. Atenea no se despegaba de los brazos de su amado Heracles. Proteo se acercó y les dijo:

— Vamos a hacer historia amigos. Espero que todo esto, al final nos traiga nuevamente aquí.

— ¿Algún último consejo Maestro? — Preguntó Heracles

— No valen consejos, no recordarás nada. Pero confío en la bondad que hay dentro de ti — Respondió Proteo.

— Si no vuelvo, si mi espíritu queda atrapado en la Tierra reencarnación tras reencarnación, espero algún día formar parte de los Trescientos Mil — Dijo Heracles.

— Ya formas parte de ellos — Afirmó Proteo.

— No entiendo, Maestro.

— ¿Te has parado a pensar, en cuántas energías quedamos en "G", después del conflicto con Luz Bel?

— No. Estaba tan apenado por todas las energías que fueron expulsadas, que nunca reparé en ello.

— Pues curiosamente, somos unos trescientos mil — dijo Proteo mientras besaba a Heracles — Y por ellos, por todos aquellos que aún no han visto nuestra Luz, hacemos este sacrificio. Para que se desprendan de toda su mala energía y puedan gozar de la Eterna felicidad.

– El Apocalipsis de San Juan, siempre habló de ciento cuarenta y cuatro mil – Dijo Heracles.

– Eso viene a demostrar que la historia puede ser moldeable y la podemos cambiar – Afirmó Proteo.

– Todo está preparado – Intervino Galius.

– Atenea se abrazó a Heracles, éste la miró. La tristeza se reflejaba en sus rostros.

– Ahora que llega el momento, tengo dudas – declaró Atenea – Me duele separarme de ti.

– Aún estamos a tiempo de no ir – Manifestó Heracles.

– No, mi vida. Nuestra existencia en la Tierra, será un corto espacio de tiempo comparado con la Eternidad que nos espera.

– ¿Y si luego no podemos volver? – Dudó Heracles.

– Vuestros avatares quedarán aquí, esperando vuestras energías, y yo personalmente me encargaré de absorberlas – Respondió Zeus.

– Entonces, no perdamos más tiempo – declaró Heracles – La Humanidad nos necesita.

Con un chasquido de Zeus, se formó la puerta envuelta en llamas que ya habían utilizado varias veces.

– Recordad, debéis moveros rápidamente. Vuestros avatares serán casi invisibles, medio transparentes. Aseguraos de que dejáis la energía de Heracles en el lugar indicado.

Zeus, golpeó el avatar de Heracles con un suave gesto en su ciber pantalla y éste desapareció, quedando sólo una flamígera luz de tonos celestes que desprendía unos hermosos y relajantes destellos.

Bastian, Miguel y Gabriel, atravesaron la ígnea puerta, llevando en sus manos la energía de Heracles.

– Recordad, moveos rápidamente. Cuando salgáis al exterior, la Esfera intentará absorber su energía. Sujetadla con fuerza y dirigíos hacia la Tierra.

Nada más salir al exterior, sintieron la enorme fuerza con que la Esfera atraía la energía de Heracles. Casi estuvieron a punto de estrellarse con la misma, hasta que finalmente pudieron superar la atracción que la protectora Esfera ejercía sobre aquella magnífica y maravillosa estrella.

Llegaron a la ciudad de Nazareth, casa de Jacob, justo en el momento adecuado para que la energía de Heracles penetrara en el feto que empezaba a tomar vida en el vientre materno. Esperaron a que estuviera dormida, y tras un hermoso sueño, le depositaron y se marcharon.

Al poco tiempo nacía en Belén, José, hijo de Jacob y Heli.

Atenea se pasaba casi todo el tiempo mirando la pantalla exterior de Zeus, observando la infancia de Heracles.

– ¿No recuerda nada?

– Absolutamente nada. Pero ya en su infancia, se ven la bondad y humildad que habitan en su interior. Será un buen padre.

– ¿Cuándo viajaré yo?

– En breve. Ya estamos preparando tu partida. Galius está terminando los cálculos.

– ¿No hay otra forma más rápida de llevar a cabo todo el proceso?

– No – respondió Zeus – Nosotros somos energías en una misma energía. En la Tierra, son energías en un mundo físico y natural. La comunicación es menos directa. Ojala tuviéramos mejor conexión. Podríamos evitar directamente muchas de las atrocidades que se están cometiendo y no haría falta este sacrificio. Sólo con que la Tierra estuviera formada de la misma materia que "G", ya podríamos interactuar de otra forma.

– Estoy lista. Cuando queráis puedo partir – Dijo Atenea.

Proteo se materializó en la estancia, la miró dulcemente, la besó en la frente y le dijo:

– Con este gesto, te convertirás en la madre más maravillosa del mundo.

Atenea sonrió.

– Eso es fácil, cuando voy a ser la madre de un ser tan maravilloso como tú.

Y tras las tristes despedidas, nuevamente se volvió a repetir la misma operación.

Esta vez, los tres improvisados Arcángeles, tuvieron que sacar todas sus fuerzas para poder despegarse de la enorme atracción que la Celestial Esfera ejerció sobre la energía de Atenea.

Y así, al poco tiempo nacía en la ciudad de Seforis, a unos cuatro kilómetros de Belén; una preciosa niña, hija de Joaquín y Ana.

Desde entonces, Zeus y Galius trabajaron incansablemente para que José y María se conocieran. Muchos viajes tuvieron que hacer Bastian y Miguel. Algunas veces, también les acompañó Gabriel para resolver ciertos problemas.

Y así, día a día, paso a paso, María y José crecieron.

Cuando María apenas contaba con dieciséis años de edad, fue desposada con José. Momento en el que Galius, Zeus, Proteo y sus tres viajeros, gritaron de júbilo.

— Nos ha costado, ha sido un arduo trabajo, pero lo hemos conseguido – Se congratuló Galius.

— Es hora de que empecemos a preparar la partida de Proteo – Propuso Zeus

— Ya casi tengo terminado el ciber óvulo donde depositaremos tu energía. En él se encuentra todo tu saber y tu conocimiento, así como todo el poder de "G" y su fuerza. Para que recuerdes, desde las mismas entrañas de tu madre, cual es tu misión en la Tierra – Explicó Galius, dirigiéndose a Proteo.

Y llegó el momento de la partida.

Esta vez, solamente viajó Gabriel, quien portaba en su inventario el ciber óvulo con la energía de Proteo. Tras atravesar la puerta, Gabriel se lanzó directamente hacia la Tierra. La Esfera Celestial apenas ofreció resistencia, porque sintió que la energía de Proteo no

217

había sido liberada como las otras dos, ya que éste viajaba en un avatar distinto: el ciber óvulo.

La translúcida figura de Gabriel, se mostró delante de María. En sus manos, el ciber óvulo de Proteo ofrecía unos maravillosos destellos de luz.

– ¡Dios te salve María, llena eres de gracia, el Señor es contigo y bendita tú eres entre todas las mujeres!

Con estas palabras, Gabriel expandió en forma de una poderosa luz, el óvulo con la energía de Proteo, que se hizo carne en las entrañas de María, conservando todo su conocimiento y poder. El tremendo impacto le hizo perder momentáneamente el conocimiento y fue entonces, cuando el subconsciente de Atenea recordó a modo de un hermoso sueño, lo que le estaba sucediendo y el por qué estaba en la Tierra. Cuando despertó, todo estaba confuso; pero en su interior, anidaba una esperanza de que algo hermoso iba a suceder.

Su espíritu le decía, que su vida en la Tierra no era casualidad, que el amor que por su marido sentía, no era casualidad. El respeto por mantener su virginidad. Todo dependía de un plan divino, de un plan superior.

Cuando José llegó a casa cansado del trabajo, María le dio un beso y le hizo saber que había quedado embarazada. Entonces José, sabedor de que su esposa no conocía varón, se arrodilló y le dijo:

– No sé si fue un sueño o realidad. Pero una noche, una especie de ángel, al que en mi interior me daba la impresión que conocía desde hace tiempo, me dijo: "Te desposarás con María, la respetarás y no entrarás en ella durante un tiempo, hasta que te diga que está embarazada. Luego la amarás, cuidarás y respetarás, pues gran madre ha de ser."

– José, mi dulce y amado esposo. ¿Entiendes ahora que nuestra vida en la Tierra, corresponde a un plan divino?

– Sí. Es una rara sensación. Es algo extraño y encantador.

Los dos quedaron arrodillados en el suelo y se abrazaron, y dieron gracias a Dios.

Galius y Zeus, que observaban la escena desde su pantalla exterior junto a Bastian, Gabriel y Miguel, sonrieron felices. El perfecto plan, estaba saliendo tal y como se había previsto.

Al poco tiempo nacía en Belén un hermoso niño, al que sus padres llamaron Enmanuel, que significa "Salvador de los hombres". También llamado Jesús de Nazareth.

6

Contaba Jesús con doce años, y mostraba grandes dotes de inteligencia. Lejos estaba de decirles a sus padres quién era y a qué se debía su presencia en la Tierra. Se comportaba como un niño normal. Amaba y respetaba a sus padres e intentaba ayudar, en la medida de sus posibilidades, a José en sus tareas.

Estando trabajando, María se presentó en la carpintería. Era un día de mucho calor y José sudaba copiosamente. Jesús ya le había dicho varias veces a su padre que descansara, pero éste debía terminar unos trabajos que eran urgentes. Al entrar María, dijo Jesús:

– ¡Mira padre! Madre ha venido a visitarnos y trae agua fresquita. Ahora sí descansarás.

María besó al niño, el niño besó a María y José se sentó a su lado, para gozar de un beso de los dos y de un trago de agua bendita.

Pero José se sentía enfermo y ya no pudo levantarse, quedando allí tendido. A un lado estaba María, al otro, Jesús animándole.

– Levanta padre. No te mueras, que aún no se ha hecho tarde.

José miró a María y le dio un beso en la mano, después miró a Jesús y le dijo:

– Sé que allí nos veremos.

Y dicho esto, cerró los ojos y su corazón se quebró en tres partes. Se vio proyectado fuera de su cuerpo. Miró a Jesús y a María, y libre ya del consciente de su cerebro, entendió y recordó.

Quiso volver a su cuerpo, impregnar con su luz a María, acariciar con su aura al niño, pero la potente atracción de "G" lo proyectó a la inmensidad del continuo espacio-tiempo.

La Celestial Esfera emitió unos destellos y Heracles la atravesó.

Su luz se hizo presente, en mitad de una hermosa pradera de maravillosa policromía. Buscó en su inventario, y con un pequeño gesto, se vio envuelto por destellos de luceros. Tras la forma de aquella estrella de cinco puntas, rodeada por un haz de luz plateado, apareció su cuerpo desnudo.

– ¡Heracles, Heracles! – Gritó Zeus lleno de júbilo.

– ¡Heracles, Heracles! – Gritaron todos sus amigos, que fueron a recibirle.

– Ya estás aquí. Todo está saliendo a la perfección – Le informó Galius

– No entiendo… ¿Por qué me habéis traído?

– Por dos razones muy importantes – respondió Zeus – La primera, es que tu cuerpo físico se estaba deteriorando. Ibas a padecer un terrible cáncer y hemos querido evitarte ese sufrimiento. La segunda, es porque tu misión en la Tierra se había cumplido. Ahora, el niño sin ti, aprenderá a valerse por sí mismo y a cuidar de su madre.

La Historia volvió a repetirse.

Jesús llevó la Buena Nueva a todos los hombres, predicó su evangelio y las enseñanzas de "G"; al que llamó "Reino de los Cielos". Les enseñó a rezar y meditar.

– Maestro ¿Cómo debemos de orar para conectar con Dios? – Preguntó uno de los discípulos.

Entonces Jesús, les enseño esta oración:

– Cuando meditéis, proyectad vuestras almas hacia el Cielo. Imaginaos elevándoos hacia el Altísimo. En la inmensidad del Espacio, existe una Esfera plateada que emite unos destellos de infinita luz, dirigíos a ella y decid:

Padre mío que estás en el Cielo,
mi espíritu se eleva buscando tu luz.
Enséñame el camino Maestro Divino.
Aparta el mal de mí, que me aleje de ti.

Dame hoy el alimento de cada día.
Queden mis necesidades cubiertas.
Alimenta mi alma de sabiduría,
Para que eternamente contigo pueda vivir.

Enseñó que nadie está por encima de nadie. Que el ser humano nace libre. Que el fuerte ha de proteger al débil, no someterlo. Que todos los recursos y dones que tiene la Tierra, no son propiedad de nadie, puesto que son de Dios y se pusieron en ella para que todos los tomasen y disfrutasen por igual. Por todo eso; fue alabado por unos, criticado por otros, traicionado, cruelmente crucificado, muerto y sepultado.

Al colocar su cuerpo en el sepulcro y cerrada la piedra, comenzó a emitir unos destellos de luz que impregnaron la sábana que envolvía su cuerpo, y en el sudario quedó impresa como una radiografía, su imagen.

La parte del cuerpo mortal de Jesús se fue desintegrando lentamente, quedando visible sólo su energía. La notable transparencia de su avatar de "G".

En el óvulo que Gabriel entregó a María, se encontraba el avatar de Proteo mezclado con la parte humana del mismo. Motivo éste por el que Galius había hecho especial hincapié en que María tenía que ser virgen. Para que en sus entrañas creciera el niño, mitad cuerpo humano, mitad avatar de "G", y recordara el motivo por el cual estaba en la Tierra.

Terminada esta transformación, Jesús desapareció del sepulcro.

Bastian y Miguel bajaron a la Tierra, a comprobar que el programa que Galius había creado; para que tanto al nacer, como al morir, Jesús siguiera recordando quién era, había funcionado. En el caso contrario, hubieran dirigido hacia "G" su energía. Pero no hizo falta.

En la mañana del tercer día, María junto con varias mujeres, fue al sepulcro para embalsamar su cuerpo. Jesús no estaba, había desaparecido. Bastian y Miguel, vestidos con sus túnicas de "G" y con sus cuerpos medio transparentes, que emitían destellos de luz. Les dijeron:

– ¿Por qué buscáis entre los muertos a quien ha resucitado?

Tras cuarenta días y cuarenta noches, Jesús estuvo con sus discípulos, a quienes intentó enseñar la ley de "G". Transmitirles el amor por el prójimo, la paz, la felicidad. Dejar sentadas las bases fundamentales de la convivencia, en un nuevo intento desesperado, de que esta vez el mensaje no volviera a ser mal interpretado.

En "G" les esperaba la felicidad eterna. Pero la propia Esfera Celestial, al haber eliminado el mal de su ciberprogramación, era muy selectiva y requería de una energía muy perfecta y poderosa para poder acceder a su entorno. Tuvo que emplear otras palabras para que la gente de esa época, desconocedora de las ciencias informáticas y los avanzados procesadores cibernéticos, lo pudiera entender.

Tras los cuarenta días, y en medio de los más allegados, el avatar de Proteo (Jesús en la tierra), ascendió en forma de potente luz hacia el entorno "G".

La poderosa atracción de su perfecta y evolucionada energía, realizó la ascensión en menos de cinco segundos. El ascenso fue inicialmente lento hasta superar la poca gravedad terrestre ejercida sobre su translúcido cuerpo. Y ante los ojos de los presentes, desapareció.

Entró como un haz de luz de infinita belleza, y su avatar se hizo presente delante de Zeus y los demás. Heracles fue el primero en abrazar a su Maestro. Proteo sonrió y se arrodilló ante él diciendo:

— Padre, espero que haya valido la pena todo este sufrimiento.

Pasados unos años, le llegó el turno a María. Un día de mucho calor, su corazón no pudo resistir y dulcemente quedó dormida. Su energía, liberada de su atadura terrestre, se elevó con tal fuerza que su cuerpo mortal la siguió. Era tan grande la velocidad con que la energía de Atenea subía hacia el entorno "G", que su cuerpo desapareció emitiendo una poderosa luz que iluminó todo el cielo, de la ya lejana Tierra.

A su llegada, todos se abrazaron y rieron contentos y felices. Habían salvado a los hombres y sembrado la semilla de la felicidad y la esperanza. Pero nuevamente, el mensaje fue mal interpretado por unos e ignorado por otros. Y el mal que Luz Bel había esparcido en la Tierra, comenzó a extenderse.

La vida en "G" transcurría de forma feliz.

Galius, Proteo, Zeus y muchos otros residentes, dedicaban la mayor parte de su existencia al estudio y la observación del Espacio y de las galaxias.

Heracles, después de su experiencia en la Tierra, había desestimado gran parte de lo revelado en aquellas escrituras y junto a su amada y amigos, debatían las mismas. La idea principal, era encontrar una cura al enorme mal de la humanidad, tanto a nivel científico, como moral y religioso.

Las mentiras que se encerraban en muchos de los escritos como la Torá, el Corán, los Evangelios o La Biblia.; la falsedad sobre Sodoma y Gomorra o El

Diluvio Universal; las leyes escritas y mal interpretadas en esos libros, reformadas y retocadas por los hombres para someter a los demás y en gran medida oprimir, someter y esclavizar a la mujer, eran aborrecidas por todos los residentes de "G".

Gabriel dijo:

– La Humanidad está perdida, cegada por su propia ambición. Hagamos lo que hagamos, irá hacia su destrucción.

Llegados los tiempos de la inquisición, tuvieron que mirar a un lado. No pudieron soportar los crímenes que en el nombre de Dios se cometieron. El sufrimiento que infligieron fue una aberración.

También se horrorizaron al ver la crueldad de los crímenes del Islam. Las injustas lapidaciones en nombre de su Dios Alá. Las crueles inmolaciones.

Gabriel, muchas veces deambulaba sin rumbo con las manos en la espalda, murmurando:

– En el nombre de Alá, el compasivo, el misericordioso...

Lo mirase por dónde lo mirase, no podía ver la misericordia ni la compasión entre los hombres. Sólo veía el sometimiento por el temor y la senda del miedo. El desprecio por la mujer, en unas escrituras cargadas de mentiras.

– Yo no dije eso – repetía una y mil veces – malditos seáis, que utilizáis el nombre de vuestro Dios para vuestros oscuros fines, y justificáis así las barbaries que cometéis con vuestros asesinatos. Yo os digo, que seréis por siempre odiados y despreciados por el resto de la Humanidad, y nunca podréis gozar de esa Vida Eterna que se os prometió en las falsas escrituras.

¿Cómo pudo el hombre escribir todas esas aberraciones? No hay libro religioso, supuestamente inspirado por Dios, que no obligue a sus creyentes a cumplir el mandato divino de amarle bajo la amenaza y el miedo. No hay libro divino supuestamente inspirado por Dios, que no oprima y degrade a la mujer.

— Así es mi querido amigo — dijo Bastian — Tengo que reprimir un cierto ataque de ira, para no bajar a la Tierra y aniquilar un tercio de la Humanidad, por cada uno de nosotros.

— Entonces morirían inocentes.

— Eso es lo que me para. Los pocos inocentes que queden. Además ¿Quienes somos nosotros para juzgar a la Humanidad? — Se preguntó Bastian.

— Eso es ¿Quienes somos nosotros?

— Sólo podemos darles amor, misericordia. Y aquellos que vean el camino de la luz, el amor, la perfección... entonces podrán venir aquí para vivir felices.

— Siempre que sean capaces de mirar hacia otro lado, para no ver la barbarie y degradación del ser humano — Repuso Gabriel.

Finalmente se reunieron todos, y acordaron que nunca más intervendrían en los asuntos de la Tierra; pues todo lo que habían hecho, de nada había servido. La vanidad del hombre, su orgullo, sus ansias de poder y de vivir en la opulencia, les llevarían hacia su propia destrucción.

Y allí quedaron los Trescientos Mil, viviendo felices en su entorno "G". En espera de que algún ser humano justo, en un estado de perfección avanzado, pudiera ser liberado de la esclavitud de la Tierra. Pero eso, nunca pasaba.

Algunas veces, miraban por la pantalla de Zeus hacia la Tierra y eran testigos de la barbarie del hombre.

De las crueles guerras Santas, la matanza de los hugonotes, los crímenes de la Inquisición, las injustas lapidaciones... se pasó al Holocausto del pueblo hebreo.

Niños de países pobres que morían de hambre, mientras gobernantes ególatras, que utilizaban demagógicamente su posición y color para obtener el poder, gastaban el dinero del pueblo para su disfrute personal. Magnates que vivían en la opulencia, mientras explotaban a sus vasallos, privándoles de lo más esencial: la dignidad.

Atentados, violaciones, asesinatos, crímenes contra la razón. La caída de las Torres Gemelas de New York, marcaron las masacres en nombre de algún Dios, que se iniciaron en el 2011.

De nada había servido el sacrificio que habían hecho.

– Esperemos que algún día, el hombre recapacite y pueda vivir en paz – Se lamentó Zeus.

E intentaron ellos, los Trescientos Mil, "los Ungidos", disfrutar del Cielo que habían creado.

7

Miguel fue a visitar a Zeus.

— Mi estancia se llena de alegría al ver tu espíritu, mi querido Miguel — Dijo Zeus esbozando una gran sonrisa de felicidad.

— Saludos Zeus.

— Feliz seas amigo. Pero noto en tu energía cierto aire de tristeza.

— Así es, Maestro. No soy feliz.

— ¿A qué se debe esa infelicidad?

— No puedo apartar la vista del sufrimiento del ser humano.

— Ya me temía eso, mi amado Miguel. Pero ya ves que hasta ahora, todo lo que hemos hecho no ha servido para nada.

— Envíame a la Tierra. Déjame que lo intente.

— Sabes que cuando llegues no recordarás nada.

— Engéndrame en una mujer virgen y déjame intentarlo.

— No. No quiero volver a pasar por lo mismo otra vez. El ser humano no se merece este nuevo sacrificio.

— Quiero acabar con este sufrimiento.

Galius se materializó en la estancia de Zeus. Al poco rato se reunieron en su estancia todos los demás:

Proteo, Heracles, Atenea, Bastian, Gabriel, Clío, Creusa y algunos más.

Galius tomó la palabra.

– En poco más de mil años, el cielo se apagará en una gran Supernova. El fin del mundo se ha iniciado ya.

– Me lo temía – dijo Zeus – El ciclo nos alcanza.

– ¿Y qué podemos hacer? – preguntó Proteo – Debemos de regresar todos a la Tierra. Desde allí crear Gnomo World, y poder dar una nueva oportunidad a todas las energías.

– Volveremos a cometer los mismos errores – Dijo Heracles.

– No si esta vez, escondemos el Bosón en otro sitio. En este corto recorrido por la cinta de Möbius, hemos aprendido de nuestros errores. Tal vez así podamos crear el Cielo perfecto.

– Entonces ¿Cómo lo vamos a hacer? – Preguntó Atenea.

– Miguel me ha dado una idea – Respondió Zeus.

– ¿Yo? Yo sólo he venido a pedirte que me envíes a la Tierra y me engendres en una mujer Virgen, para ver si puedo hacer algo. Aquí no soy feliz, viendo como sufren los demás espíritus.

– Tú serás el mensajero y derramarás el cáliz de la muerte. Es la única solución. Luego partiremos los demás. Intentaremos engendrarnos en mujeres vírgenes, para poder preservar nuestros conocimientos.

Finalmente sólo quedaremos nosotros para reiniciar una nueva sociedad y crear el entorno "G";

preparándonos todos para la Supernova y poder salvar a los espíritus que podamos.

Nuestra vida en la Tierra será finita y ya no podremos regresar aquí. Porque cuando nos vayamos, "G" desaparecerá hasta que lo volvamos a crear. Muchos de nosotros no recordaremos nada cuando nos volvamos a reencarnar.

– Como siempre, tendré que hacer varios cálculos. Sólo os pido un poco de tiempo, para ejecutar el programa de la mejor forma posible – Dijo Galius.

– Pero podemos enviar ya a Miguel – Propuso Zeus.

– Sí – repuso Galius – Eso será más fácil.

– Yo también iré – Terció Gabriel.

– Y yo – Replicó Bastian. Al que se unieron Clío, Heracles y Atenea.

– Sois unos locos encantadores – Se enterneció Proteo, uniéndose al descabellado y último plan para salvar al ser humano.

– Enviaré un mensaje al resto de los residentes de "G" – Informó Zeus.

– El mensaje corrió como la pólvora, y en poco tiempo, todos se unieron a la idea de regresar a la Tierra e intentar que no volviera a ocurrir lo mismo. Sabían que caminaban por la cinta de Möbius, pero en algún momento del camino, también sabían que podían moldear la Historia. Aprender, evolucionar dentro de la cinta y ser felices para toda la Eternidad.

Tras elaborar el plan. Galius, Zeus y unos pocos quedarían en "G". Finalmente, unos ochenta años antes de la Supernova, nacerían en la Tierra para ultimar los días finales.

Esta vez, Proteo también quedaba relegado a los últimos días.

Muchos recordarían su vida en el entorno "G", otros dependerían de la bondad y perfección de sus espíritus, pero tenían fe y confiaban en el enorme poder que se albergaba en su interior.

Los días previos a la partida de los primeros mensajeros, Proteo les recordó que el verdadero Dios, el poder supremo, la fuerza, están dentro de cada uno de nosotros

– Nunca dejaré de insistir en ello, y es allí donde debéis de mirar.

En pocos días, terminados los preparativos, partían hacia la Tierra: Miguel, Bastian, Gabriel y Heracles. Cada uno de ellos se haría carne en una mujer virgen. Probablemente, tras la muerte de su cuerpo físico se reencarnarían, y era casi seguro que no recordasen nada, pero todos confiaban en la fuerza y el poder de su interior.

Con el poder de la razón y el amor hacia sus semejantes, abandonaron la Esfera Celestial, provistos en su interior de la fuerza de su espíritu.

Corría ya en la Tierra el año 2.200. La Humanidad estaba corrompida, y el sufrimiento de la mayoría superaba al de la minoría. La muerte y la depravación, lentamente se apoderaron de la Tierra.

Los cuatro arcángeles, (como así los llamaban sus amigos) nacieron cada uno en una parte distinta del mundo, ocupando un punto cardinal de la Tierra.

Tuvieron una infancia que se podría denominar normal, en un entorno social cada vez más degradado. Pero en su mente, cada uno sabía muy bien cuál era su misión.

Posteriormente y poco a poco, los Trescientos Mil fueron abandonando el Entorno "G". Sólo Galius y Zeus quedaron en el mismo.

– Amigo Galius – Dijo Zeus, mostrando en su cara un rastro de preocupación.

– ¿Qué ocurre? – Preguntó. Sabedor de que cuando su amigo se dirigía a él en ese tono, algo le preocupaba.

– Creamos de la Nada, el Cielo para la Humanidad. Les dimos las bases fundamentales de la perfecta convivencia. Les advertimos que no adorasen a los ídolos y no los creasen. Intentamos hacerles ver que no somos sus Dioses; pero ellos, ávidos y necesitados de un líder, nos convirtieron en deidades.

– No han entendido nada – reflexionó Galius – Nos hemos esforzado en enseñarles, pero todo se ha mal interpretado.

Es triste ver, cómo los más sabios han manejado la verdad a su antojo y para su propio beneficio. No han sabido entender, que eso que ellos llaman Dios, está en cada uno de nosotros y es cada uno de ellos.

– No han entendido, el por qué el ser humano tiene la capacidad de pensar y razonar, y ellos solos han vuelto a crear su propia destrucción – prosiguió Zeus – Tal vez sea falta de evolución. Su propio egoísmo no les deja ver más allá de lo que les dicta su vanidad.

– A estas alturas deberían de entenderlo. Aunque para nosotros es fácil, porque hemos visto lo que hay después de la muerte. Pero me niego a creer que yo soy su Dios.

– Sin embargo, lejos de quedarnos aquí y disfrutar de nuestro Cielo, hemos intentado reparar los daños.

– ¿Crees que lo conseguiremos? – Preguntó Galius.

– Con esa finalidad lo hacemos. Así, viajamos a través de la cinta de Möbius, y cada vez que completamos una vuelta, algo cambia.

Puede que algún día alcancemos la verdadera perfección y nos convirtamos en verdaderos Dioses. Incluso, es probable que no necesitemos volver a crear la Tierra para enviar allí a las energías que deban de perfeccionarse.

– Tal vez, el error fue ese. Enviamos a las demás energías a ocupar unos avatares finitos en un mundo finito, y en su desesperación y debilidad, necesitaban creer que después de la muerte seguía la vida.

– Hemos tenido que traspasar el umbral de la muerte, y crear nuestro propio Cielo, para despejar la gran incógnita.

– ¡Curioso! Simplemente somos energías que nos movemos en un ciberespacio – Dijo Galius.

– Bueno. Digamos que nos movemos en un entorno de energía que ha generado un ciber espacio infinito. La respuesta es simple. Gracias al descubrimiento del movimiento continuo por el principio de Möbius, hemos creado una especie de Cielo para que nuestras energías de duración infinita, se puedan mover dentro de un entorno – Expuso Zeus.

– Y al fin y al cabo, eso es lo que intentamos explicarles – Respondió Galius.

– Y nos ha sido muy difícil explicar un hecho científico tan evidente – Remató Zeus.

– Tal vez tuvimos que empezar diciendo: El ser humano evoluciona, y llega a tal punto de perfección, que regresa al pasado y crea el Mundo.

– ¿Crees que lo hubieran entendido? – Preguntó Zeus con cierta ironía.

– No creo. Me cuesta entenderlo a mí. ¿Recuerdas la Zarza Ardiente?

– Sí, lo recuerdo. Insistí en decir que "Soy el que soy, soy el que seré" pero no lo entendieron.

– Tampoco entendieron los mensajes que Atenea intentó transmitir en sus más de dieciocho viajes que realizó a la Tierra, en aquel lugar llamado Lourdes – dijo Galius – Para lo único que sirvió, fue para crear un suculento negocio. Su maldito afán por crear ídolos. De la misma forma, tampoco entendieron los mensajes de amor que dejó en aquel lugar llamado Fátima. Ni siquiera el anuncio de las crueles guerras les hizo recapacitar, y el hombre siguió presa de su afán de poder.

– Siempre manipularon las palabras a su antojo – dijo Galius – La manipulación del hombre no conoce límites, con tal de conseguir sus oscuros propósitos.

— Sólo nos queda esperar, que puedan aprender por medio de la evolución en el continuo espacio-tiempo. Tenemos toda la Eternidad para ello.

TERCERA PARTE

(EL ESPIRITU)

1

La creación de aquel mortal virus había concluido. Hacía días que me escondía en el interior de aquel oscuro pozo, esperando la salida del vehículo que portaría aquel extraño maletín. Mi desesperación iba en aumento. El investigador privado me había avisado de que ese maletín tenía que llegar a su destino. En su interior, un casi inofensivo virus, que generaba una extraña gripe. Un nuevo encargo de los gobiernos para mantener a raya a la clase obrera.

Finalmente, llegó el ansiado momento. Un coche negro, que correspondía con la descripción que me había facilitado el investigador privado, en cuyo interior había dos hombres con el extraño maletín, partió de aquel apartado recinto.

Salí del apestoso pozo y subí a la moto que tenía escondida en unos arbustos. Debía guardar cierta distancia para no ser descubierto en aquel solitario paraje. A mi espalda, quedaba el macabro laboratorio donde clandestinamente habían creado el supuestamente inofensivo virus.

La misión era fácil. Simplemente debía asegurarme de que ese maletín llegaría a su destino. La Gran Hecatombe tenía que producirse. De no ser así, los celestiales planes por los que habíamos abandonado "G", no se llevarían a cabo. Los egoístas y poderosos, habían jugado su última carta. Ahora nos tocaba jugar a nosotros.

Todo se desarrollaba según lo previsto. Tras abandonar el desierto, los dos hombres dejaron el vehículo estacionado en un descampado, y andando se dirigieron a la estación de trenes que les conduciría al corazón de la India.

En el mismo tren, otras personas les observaban. Los dos hombres estaban sentados en un compartimiento. Yo deambulaba por el pasillo, cuando observé que otros dos hombres vestidos con ropas orientales, cargaban dos armas y se dirigían hacia el compartimiento donde se encontraban los portadores del maletín. La prudencial distancia que me separaba de ellos, no me permitió llegar a tiempo. Entraron y les descerrajaron cuatro tiros. Acto seguido cogieron el maletín, abrieron una puerta y se lanzaron del tren en marcha.

Inmediatamente salté detrás de ellos. Antes de que se pudieran percatar de mi presencia, los alcancé. Uno de ellos me disparó dos veces. Mientras le esquivaba, proyecté mi pierna derecha contra la garganta del otro. Mi bota tenía en la punta unas diminutas cuchillas que a simple vista sólo eran un adorno, pero que al contacto con su garganta y la fuerza de mi potente patada, seccionó su yugular. El otro individuo intentó disparar nuevamente contra mí, pero di un salto, giré su mano hacia él y la bala le atravesó el corazón. Los dos quedaron muertos. Me arrodillé ante ellos, y con sus cuerpos calientes, pedí perdón. Pude sentir, cómo sus energías salían de su interior y se perdían en un simple lamento.

Cogí el maletín y comencé a caminar en la misma dirección hacia donde aquellos hombres pretendían ir tras saltar del tren. Pensé, que si habían decidido matar a los portadores del maletín y saltar en aquella zona, era porque debían tener algún vehículo para facilitar su huida. La noche iba cayendo sobre mí. Finalmente, escondido entre la maleza, vi un vehículo bastante antiguo y mal conservado. Tenía las llaves puestas. Lo puse en marcha y me alejé de aquel lugar.

Al cabo de unas horas llegué a una población. No recuerdo su nombre, ¡qué más da!

Abrí el maletín. En su interior había varias ampollas que contenían el virus, y otras en donde se encontraba el antídoto. Me dirigí a los depósitos de agua de la ciudad. Fue fácil. En una población pobre y carente de recursos, ni tan siquiera se habían preocupado de proteger aquellas simples instalaciones. Derramé las ampollas que contenían el mortal veneno. Mientras lo hacía lloré amargamente, y nuevamente pedí perdón.

A los pocos días, pude hablar con el investigador privado y le entregué las ampollas. Me propuso inocularme la vacuna, pero me negué. Tenía asumido mi castigo. Mi misión había concluido, y mi muerte redimiría mi pecado. Me alejé, en espera de una nueva y renovada reencarnación, en la que no recordaría nada.

Extraña paradoja la mía. Para salvar al ser humano, antes debía de matarles.

¿Qué quién soy yo? ¡Qué más da!

No importa el mensajero. Lo verdaderamente importante es el mensaje.

---//---

Tras cumplir la misión que se me había encomendado, de asegurarme que todo se desarrollaría según lo previsto y que la mutación de aquel, en principio inofensivo virus, se llevaría a cabo; me puse a deambular sin un rumbo fijo en espera de mi final.

No importaba el lugar. Allí donde iba, el hombre había extendido su imperio de terror. El pueblo llano, la masa obrera, pasaba hambre.

Entonces, vi a una mujer que caminaba rápidamente por un callejón oscuro. Vestía un desgastado pantalón tejano que estilizaba su delgada figura. No muy alta, apenas mediría el metro sesenta y cinco y no pesaría más de cuarenta y cinco kilos. Llevaba una ajustada y escotada camiseta que dejaba entrever unos pequeños y caídos pechos. Desde mi distancia no podía ver su rostro, cubierto con una desastrada y larga melena de tono oscuro.

Entre las destartaladas casas, empezaban a aparecer las primeras luces del alba; pero a esas horas, las calles seguían siendo peligrosas.

Algo me dijo que tenía que seguirla. A mitad del callejón, una obesa y grotesca figura la llamó. La mujer se acercó, el hombre le dio un pequeño billete y se apoyó en la pared, justo al lado de un contenedor de basuras. La mujer metió su mano en la entrepierna del pantalón, sacó su miembro viril y comenzó a masturbarle. En poco más de cinco minutos, y tras un aumento paulatino en la aceleración de los movimientos de su mano, la grotesca figura gimió, dio un resoplido y desapareció entre las sombras. La mujer siguió caminando.

Apenas habría recorrido unos diez metros, cuando otro hombre se acercó a ella y le susurró algo al oído. Esta vez, me escondí en la oscuridad de un zaguán que me ofrecía la posibilidad de observarla desde más cerca.

– Si no tienes dinero, no – Dijo La mujer.

– ¡Maldita puta! – Gritó el hombre, mientras le propinaba un golpe en la cara que la hizo precipitarse al suelo.

La cogió del pelo y la arrastró hacia un montón de cajas que se apilaban en una de las paredes. La mujer emitió unos apagados gritos de terror. Ante sus estridentes lamentos, vi varias sombras que se alejaron del lugar, intentado permanecer ajenos a lo que allí estaba ocurriendo. El hombre sacó una navaja, el brillo de la hoja de acero refulgió en mitad de la decreciente oscuridad de aquella triste madrugada.

– Si no lo quieres por las buenas, me lo vas a hacer por las malas.

– Por favor no me hagas daño. Está bien. Usa mi cuerpo, pero no me hagas daño – Dijo la mujer presa del pánico.

Sin soltar la navaja, el hombre se precipitó sobre ella, que no opuso la menor resistencia.

La ira se apoderó de mí. Mi corazón se aceleró. En mis sienes podía sentir los latidos de rabia. Salí de mi improvisado escondite y me acerqué.

– Déjala – Le ordené intentando mantener la calma.

– ¿Tú quién coño eres? – Preguntó volviendo su rostro hacia mí – ¿Su jodido Ángel de la Guarda?

– ¡Premio. Has acertado! – Respondí.

Rápidamente, aquel hombre se me abalanzó, y en el aire se escuchó un leve silbido emitido por la brillante hoja de la navaja, alcanzándome levemente el muslo. Apenas sentí dolor y mi pierna empezó a sangrar. Mientras, el hombre se levantaba dirigiendo un nuevo ataque contra mí. Me abalancé sobre él, le cogí la mano donde llevaba el mortal filo, giré sobre su impulsiva figura; y tras quebrarle el codo, la hoja se incrustó en su garganta, cayendo arrodillado en el suelo, en medio de un enorme charco de sangre que salía a borbotones. Rápidamente, tendí mi mano a aquella asustada mujer y nos desvanecimos en mitad de la oscuridad de los estrechos callejones.

– Estás herido – dijo la mujer – Ven por aquí. Unas calles más arriba vivo yo. Allí te podré curar.

Llegamos a su casa. Una pequeña estancia de no más de cuarenta metros cuadrados, compuesta por un humilde salón, escuetamente decorado con unas maderas que hacían las veces de mesa y mueble comedor. De las ventanas, unas negras bolsas de basura que pendían de unos oxidados clavos, sugerían la pobre imitación de unas improvisadas cortinas. Dos pequeñas puertas comunicaban el salón con un putrefacto aseo y una habitación, escasamente ventilada por una circular ventana de rejilla. En una pequeña cama, de no más de noventa, dormían dos niños.

Sin mediar palabra, la mujer sacó un poco de esparadrapo, alcohol, unas gastadas gasas y me limpió la herida.

— No es un corte profundo, has tenido suerte — me dijo —Gracias. Seguro que ese hombre después de abusar de mí, me hubiera cortado la garganta.

— ¿Le conocías?

— No lo había visto en mi vida.

Mientras me limpiaba, alzó la cara. Entonces, vi unos penetrantes ojos negros de triste mirada. Debería tener poco más de treinta años. Pero lo que en su día pudo ser una hermosa mujer, se había convertido en una faz llena de arrugas, ojeras y manchas. En su negro cabello, unas mechas blancas, cargadas de dolor y miseria.

En silencio, la mujer extendió una raída manta en el suelo, colocó unas bolsas de ropa que hacían las veces de almohada, y se recostó sobre la misma.

— Ven. Estarás cansado.

Me acosté en un lateral, intentado molestar lo menos posible. Nada se oía.

Al poco rato me dijo:

— Poco más puedo hacer por ti.

— No te preocupes. No necesito nada.

– Si lo deseas, puedes usar mi cuerpo. Es todo lo que tengo.

– No – Respondí. Y emití un leve ronquido, dándole a entender que ya estaba dormido.

Nuevamente se hizo el silencio, y ambos quedamos sumergidos en un profundo sueño, mientras la ciudad despertaba con su desgarrador bullicio.

No habrían pasado más de cuatro horas, cuando escuché unos pasos sigilosos. Abrí los ojos.

Ante mí, los dos niños que dormían en la estancia contigua, me miraban extrañados. En un improvisado hornillo, la mujer ponía a calentar un cuenco con leche mientras desmigajaba unos pequeños trozos de pan.

– Buenos días ¿Dormiste bien?

– Sí – Contesté, mientras me levantaba ante la atenta mirada de aquellos dos niños. Una niña de no más de cuatro años y un niño de grandes ojos, de apenas seis.

– Miré por la ventana, casi no había luz. El cielo estaba nublado y amenazaba tormenta.

– ¿Te vas? – Preguntó la mujer mirándome tristemente a los ojos.

Me quedé en silencio. ¿A dónde podía ir? Mi misión en la Tierra había terminado. Sólo me quedaba morir.

– Tendré que irme – Respondí sin dejar de mirarla.

– Poco te puedo ofrecer, más bien nada. No hay trabajo, tengo que prostituirme para poder dar de comer a mis hijos y apenas saco lo suficiente para los tres, pero al menos, siempre puedo darte un techo y un poco de sopa – Con una forzada sonrisa, prosiguió tras una lenta pausa – y si quieres, un poco de desahogo sexual.

– Yo no puedo ofrecerte nada.

– Bueno. Por las noches puedes cuidar de mis hijos. Me duele dejarlos solos.

Se hizo de nuevo el silencio. Miré por la ventana, en un intento de desviar mi atención del nuevo drama que se presentaba ante mí.

Aquella mujer no dejaba de mirarme fijamente. Estaba expectante esperando mi respuesta. Su mirada me suplicaba que me quedase a protegerles. De repente, recordé:

– Venid conmigo hacia el Este. Allí, unos amigos me han dicho que podemos encontrar refugio.

– ¿Refugio? – dijo ella – ¿Sabes que hay un extraño virus que se está extendiendo rápidamente por la población? Intento proteger a mis hijos, pero creo que dentro de poco no podré hacerlo.

– Entonces, venid conmigo. En menos de una semana podemos llegar. Es lo único que puedo darte. Una mínima esperanza.

La mujer bajó la mirada, dio la improvisada sopa a sus hijos y dijo:

– De acuerdo. No tenemos nada que perder con intentarlo.

Ese mismo día emprendimos la marcha.

En medio de una carretera, encontramos un vehículo. Sus ocupantes habían muerto. Condujimos hasta que se agotó la gasolina. Así ganamos tres días de camino.

Finalmente, llegamos a un desolado campo donde unos hombres nos acogieron tras comprobar, con unos improvisados análisis, que no estábamos contaminados. Los hombres, cubiertos con unas mascaras, nos condujeron a un hacinado refugio, donde apenas unas trescientas personas; entre hombres, mujeres, niños y ancianos, intentaban sobrevivir. Aún así, nos acogieron con una extraña alegría.

Al poco tiempo, llegaron en un coche de la Policía Local, un hombre al que reconocí en mi interior y una doctora, quienes nos inocularon unas vacunas.

Paulatinamente, fue llegando más y más gente, hasta que alcanzamos la cifra aproximada de unos trescientos mil. Los más ancianos decían que éramos "Los Ungidos", pero nunca hice demasiado caso a esos temas Bíblicos. Tras la Gran Hecatombe pudimos reorganizarnos y sobrevivir. De esta forma, surgió una nueva sociedad llena de esperanza.

– ¿Qué quién soy yo? ¡Qué más da!

El mensajero no es lo importante. Lo que importa es el mensaje.

...//...

Hacía días que apenas comía. El súper ordenador que habíamos conseguido crear, tenía la peculiaridad de auto programarse según las necesidades de su entorno. Las redes de fotones, que Tomas Handcok había descubierto, facilitaban la labor de conexión. Genome Universe podía empezar a existir.

Los largos días de sueño, hambre y duro trabajo, me sumergieron en una terrible anemia. Finalmente, el médico me obligó a descansar.

Mis ayudantes se encargaron de terminar el proyecto. Todo estaba preparado. El descubrimiento de la súper aleación de titanio, basada en la ley del movimiento continuo de Möbius, facilitaba la creación de unas vainas, en las que poder albergar el cuerpo inerte de los futuros residentes, de lo que aún era el proyecto Gnomo World. Sabía que algún día serían de utilidad, pero por el momento debían quedar archivadas, para que cuando llegase la ocasión, se iniciara su fabricación. Primero había que perfeccionar el programa.

Mientras tanto, la gente se sumergía en el apacible y agradable juego de realidad virtual, que ofrecía Genome Universe.

Durante mi enfermedad, en mis delirios de debilidad física, tuve varios y extraños sueños. Dos espíritus me alentaban y me animaban a seguir en el proyecto. Eso me dio la fuerza necesaria para sobrevivir. Estos espíritus me transmitían, que de mi trabajo surgiría la Vida Eterna y se crearía el Cielo para la Humanidad. Y así, finalmente el proyecto Gnomo World, con el tiempo se convirtió en una feliz realidad.

¿Qué quien soy yo? ¡Que más da!

El mensajero no es importante. Lo verdaderamente importante es el mensaje.

2

Galius y Zeus, miraban desde su pantalla exterior, cómo la casi totalidad de la Humanidad había sucumbido al mortal virus.

La Gran Hecatombe, había limpiado la Tierra de la maleza que le atormentaba.

Millones de energías se arremolinaban junto a la Esfera Celestial, en un intento por adentrarse en la misma.

– ¿Resistirá? – Preguntó Zeus un poco preocupado.

– Sin la menor duda. Ninguna de las energías que nos circundan, tienen la fuerza y la capacidad, para poder vencer la resistencia de "G" – Respondió Galius.

– ¡Que fácil sería, que todos pudieran entrar ahora y poblar de paz y felicidad este Paraíso!

– En efecto, pero eso nos volvería a sumergir en el mismo conflicto. Además, la reprogramación del entorno, no las admitirá nunca.

– Por el momento, todo está saliendo de la forma que lo habíamos planeado.

– Sólo el tiempo jugará a nuestro favor. Dentro de poco partiremos tú y yo – Dijo Galius mostrando en sus ojos un brillo de esperanza.

– ¿Estás seguro de lo que ocurrirá aquí cuando hayamos salido? – Preguntó Zeus

– Lo estoy. Lo he repasado mil veces, todo está calculado. Nada fallará.

La Esfera se precipitará hacia el Sol y se fundirá aparentemente con él. Cuando se produzca la Supernova, la propia Esfera generará un agujero negro que nos conducirá al pasado. Luego se fusionará con la Esfera que Bastian encontrará. A la misma, se unirá el Bosón que dejamos en el interior de la Tierra, al quedar éste libre cuando se destruya el núcleo. Todo se unirá formando un solo ser y nosotros quedaremos en su interior. Una vez dentro, intentaremos no cometer los mismos errores. Las energías que no puedan entrar, permanecerán en el exterior. Tendrán toda la Eternidad para alcanzar la perfección.

– ¿Volveremos a crear el Universo? – Preguntó Zeus

– Yo no lo creo conveniente. Sólo espero que Luz Bel, no alcance nunca a entrar en Gnomo.

– De eso me encargaré yo, ya que conozco el momento en el que lo realizará – Le tranquilizó Zeus.

Galius efectuó una consulta en su ciber pantalla y dijo:

– En la Tierra, ahora corre el año 2.230. Dentro de poco, algunas de las energías que ahora nos circundan, irán bajando a la misma para reencarnarse. Unos en seres humanos, otros en animales; la mayoría de ellos roedores, los únicos que han sobrevivido a la Hecatombe, junto a los Trescientos Mil.

En el año 2.866 naceremos nosotros. Para entonces, ya tendremos preparada la Esfera para fusionarse con el Sol.

Mientras tanto, la sociedad avanzaba en la Tierra. Un nuevo amanecer, lleno de esperanza, se vislumbraba en el horizonte. Con nuevas normas, nuevas leyes y un nuevo concepto de convivencia.

Habían eliminado el dinero, la necesidad de tenerlo. Cada cual, aportaba sus conocimientos y valores en pro de la Humanidad. Ya nunca más volverían; el hambre, la guerra, la desolación, la violencia. Al fin habían entendido el mensaje de la inteligencia y la supremacía del ser humano. En los últimos siglos que le quedaban a la Tierra, ésta iba a ser la antesala de lo que sería la Eternidad. Por fin, el bienestar de la mayoría superaba al de la minoría.

Y pasó el tiempo. El ser humano había aprendido a ser feliz y a convivir en paz.

– Ha llegado el momento de partir – Dijo Zeus

– ¿Crees que en este tiempo habrán aprendido a vivir en paz? – Preguntó Galius.

– Eso parece. Al menos, viven felices.

– Termino estos últimos cálculos, y salimos.

– ¿Cuánto tiempo habremos pasado aquí? – Se preguntó Zeus mirando con nostalgia a su alrededor.

– Aquí el tiempo no existe, pero en años terrestres, calculo que más de cinco mil millones de años.

– En todo este tiempo, la gran mayoría de las energías, los espíritus que forman el todo, no han sido capaces de evolucionar – Dijo Zeus mientras miraba la pantalla exterior.

– Ya ves que no, mi docto colega.

– ¿Conseguirán algún día encontrar la luz?

– Tenemos toda la Eternidad para comprobarlo – Respondió Galius mientras terminaba los últimos cálculos – No te apenes, navegamos a través de la cinta de Möbius, y no tiene por qué ocurrir lo mismo cada vez. El camino si es el mismo, pero con cada vuelta aprendemos y vamos perfeccionándonos. Es posible, que cada vez, el número de energías que alcanzan la luz sea mayor.

Hay una cosa que me llena de esperanza. En ese libro, al que Heracles se aferró con tanta pasión, en el Apocalipsis se dice:

7:4 Y oí el número de los sellados: ciento cuarenta y cuatro mil sellados de todas las tribus de los hijos de Israel

– Quiero pensar, amigo Zeus, que en este ciclo hemos superado esa cifra y ya somos trescientos mil. Y también quiero pensar, que en esta nueva vuelta, la Humanidad haya entendido el mensaje que hemos querido transmitir, y superemos esa cifra en más de un millón. Por ellos, por el amor que sentimos, hacemos este sacrificio. ¿Vamos?

– Vamos – Dijo Zeus.

Con un leve chasquido de la mano, se materializó la habitual puerta por la que solían abandonar Gnomo y salir al exterior.

Antes de traspasar la llameante puerta, Galius dijo:

– Recuerda. Una vez en el exterior, dirígete con toda tu fuerza hacia la Tierra. Al llevar el avatar, la esfera no ejercerá ninguna atracción sobre ti. Vagaremos por ella errantes, hasta encontrar dos vírgenes en las que nos adentraremos con nuestros ciber óvulos. En el momento en que quedemos engendrados, el avatar se volatilizará en el aire, y es posible que produzca una pequeña descarga eléctrica. He calculado el tiempo terrestre. Ahora corre el año 2.866. Suerte amigo, hasta que la Eternidad nos vuelva a alcanzar.

Tras salir de Gnomo World, la esfera celestial se expandió como un globo. Emitió unos fuertes destellos luminosos, y cuando parecía que iba a estallar, rápidamente se contrajo hasta alcanzar el tamaño de una pelota de tenis. Con un potente rayo de luz, se dirigió a la velocidad de la misma, hacia el Sol.

Zeus, que caía en la ciudad Meridiano Treinta y Dos, a simple vista apenas se adivinaba. Si se le miraba en la oscuridad, podía distinguirse su hermoso y fornido avatar, donde en su transparente imagen en tres dimensiones, se albergaba su energía interna.

Algo le hizo dirigirse hacia un hospital. Una niña de unos dieciséis años yacía en la cama, víctima de una grave enfermedad degenerativa, que los escáneres de salud apenas podían restaurar día a día. Zeus la escaneó. Sintió gran pena y dolor por ella, y sin poderlo remediar, su energía se introdujo en su interior.

Tras un tremendo chispazo que alertó a todo el equipo médico, la niña, mecida por un suave balanceo de resistencia que ofrecía la energía de Zeus, comenzó a flotar y a elevarse en mitad de la habitación, ante los atónitos ojos de todo el personal sanitario.

Desde el interior, Zeus expandió toda su potencia en la niña, expulsando y limpiando todo su cuerpo, de las malignas células que invadían su código genético. La programación que Galius había efectuado, capaz de engendrar un óvulo en una mujer virgen, también era capaz de cambiar y modificar el código genético. Cuando entendió que la niña quedaría totalmente sana y restablecida, se contrajo, y su óvulo quedó fecundado en el útero. Y allí, en la tranquilidad del seno materno, Zeus se relajó, envuelto en un entorno de paz y amor.

Las noticias se hicieron eco de dos hechos similares, ocurridos en dos ciudades de meridianos distintos.

Dos niñas en fase terminal, quedaban milagrosamente curadas. Y lo que resultaba más sorprendente, y nunca nadie se pudo explicar, era que ambas niñas habían quedado embarazadas.

Al cabo de nueve meses, nacieron dos preciosos niños; que con el tiempo, se convertirían en dos magníficos sabios, físicos y matemáticos, que aportarían grandes descubrimientos en beneficio de la Humanidad.

3

Por esas mismas fechas, en otra ciudad meridiano distinta, nació un niño en el seno de una familia normal. Su padre, tenía ya casi los cincuenta años, se llamaba José. Su madre, mucho más joven, apenas llegaba a los treinta y se llamaba María.

Uno de los muchos legados que los Trescientos Mil les dejaron, fue la eliminación de los apellidos; por lo tanto, no era de extrañar que muchos nombres fueran originales, y la gran mayoría se decantaba por utilizar apelativos como Zeus, Galius o Heracles.

La forma en que se identificaba a cualquier persona, correspondía al siguiente protocolo:

Primero el nombre, después el lugar de nacimiento, y posteriormente, se indicaba el origen del seno materno, seguido de el del padre.

María y José, buscaron un nombre para identificar a su hijo. Varios de ellos habían elegido, pero ninguno les acomodó.

Una noche, ambos tuvieron el mismo sueño.

Caminaban los dos por un sendero que no conducía a ninguna parte. A su alrededor las gentes iban y venían, pero algo les decía que todos andaban perdidos, sin un rumbo fijo. Aquel camino era interminable, y por mucho que anduviesen, llegaba un momento en que volvían a pasar por el mismo sitio. Las mismas gentes, los mismos árboles, las mismas casas. Todo se repetía de una forma cíclica, y la desorientación se apoderaba de ellos.

María, se paró a descansar al amparo de la sombra de un hermoso árbol. Entonces sintió los dolores del parto, y desde su vientre se proyectó una hermosa luz que se dirigía hasta el cielo, formando una especie de escalera. Por ella, bajó un hermoso niño que se fusionó con el feto, y aquello les llenó de paz.

Al día siguiente, ambos comentaron el sueño y se quedaron extrañados.

A punto estaba María de dar a luz, y aún no tenían elegido el nombre de su hijo. El sueño les había cautivado, pero nada más les confirmaba. Sabían que algo significaba, aunque no llegaban a entender el qué.

Una noche, volvieron a tener ambos un nuevo sueño.

Caminaban juntos, cogidos de la mano, por el mismo camino sin fin. Las gentes no parecían felices, se les veía tristes y seguían sin un rumbo fijo. Observaron, que en su debilidad algunos de ellos tallaban estatuas e ídolos y se arrodillaban rezando y pidiendo que les sacaran de aquel mar de confusión, pero nada sucedía. Muchos construían grandes ídolos y animaban a la gente a suplicar a éstos, con la esperanza de mejorar sus vidas, pero nada sucedía. Algunos incluso, llegaban a amenazar a las gentes, con que si ni lo hacían, grandes males les vendrían.

María y José tuvieron miedo. Entonces, del interior de María surgió la luz y les dijo:

— No busquéis a un Dios que os dé la felicidad. Buscadla en vuestro interior. No busquéis a Dios en lo material, en las estatuas. Buscadlo en vuestro interior. No améis a un Dios que no podéis ver. Amad a vuestro prójimo y amaréis a Dios.

Y entonces, nació el niño.

Al día siguiente, ambos comentaron de nuevo, el sueño que habían tenido. Sabían que no era una casualidad.

María se puso de parto y nació el hijo que tanto esperaban. José, buscó en las ciber bibliotecas, y la respuesta apareció ante sus ojos. Le llamarían Proteo.

— ¿Proteo? — Se extrañó su abuela materna — ¿Ese nombre, no corresponde a un dios de la mitología griega?

— Sí — Afirmó María.

— Pero no tiene nada que ver con él — Dijo José.

— ¿Entonces, qué significa? — Volvió a preguntar su abuela.

— Es una palabra surgida del prefijo "Pro" — explicó José — cuyo significado indica "que algo se hace en favor o en ayuda de alguien o algo", y "Teo" que se deriva del griego "Dios", "Presencia de Dios". Si unimos el significado de las dos palabras, quiere decir: "Aquel que ayuda a encontrar la presencia de Dios". Como veréis, nada tiene que ver con la mítica deidad griega.

Al escuchar aquellas palabras, María sonrió, pues entendió el significado de aquel sueño.

Aquel niño, fue llamado Proteo de Acrópolis Cuarenta y Dos, hijo de María y José, y con el tiempo se convirtió en un sabio maestro. Siendo un joven estudiante, María y José murieron.

Pasados unos años, en la misma ciudad nació un niño al que sus padres llamaron Heracles, que terminó convertido en el discípulo de Proteo.

(En la mitología griega Heracles (en griego antiguo ☐ραλ☐ς *Hēraklēs, 'gloria de Hera') era un héroe y* semidiós, *hijo de Zeus y Alcmena y bisnieto de Perseo. En la* mitología romana *se le llamaba* Hércules *y en la* fenicia Melkart. *Puede decirse que fue el más grande de los héroes míticos griegos, el parangón de la masculinidad por excelencia, siendo su extraordinaria fuerza uno de sus atributos. Fue, según* Pausanias, *el último hijo que Zeus engendró con mujeres mortales en Grecia. Se cuentan muchas historias sobre su vida, siendo la más famosa* Los doce trabajos de Heracles. *Su equivalente etrusco era* Hercle, *un hijo de Tinia y Uni, y su equivalente egipcio era* Herishef.)

Años más tarde nació Atenea, que conocería a Heracles, y se unirían en el amor.

(En la mitología griega, Atenea o Atena (en ático ☐θην☐ *Athênã o en jónico* ☐θήνη *Athếnê; en dórico* ☐σάνα *Asána) es la diosa de la sabiduría, la estrategia y la guerra justa. Fue considerada una mentora de héroes y adorada desde la Antigüedad como patrona de Atenas, donde se construyó*

258

el Partenón *para adorarla. Fue asociada por los* etruscos *con su diosa* Menrva, *y posteriormente por los* romanos *con* Minerva.*)*

Desde que los conoció, Proteo siempre tuvo un especial cariño por los dos, y entre ellos, se creó una maravillosa simbiosis de afecto, respeto y amor.

4

Sus penetrantes ojos rasgados, se clavaban en las pupilas de Proteo. Éste la miraba fijamente, sintiendo en su interior el poderoso amor que le tenía.

Creusa era una mujer hermosa, en cuyo interior albergaba una especial, maravillosa y poderosa energía.

Una mullida y aterciopelada alfombra, se extendía a lo largo de la habitación. Los dos estaban desnudos y abrazados. Creusa, sentada encima de la pelvis de Proteo, atenazaba su cintura con las piernas. El miembro viril de éste, se erguía poderosamente en el interior de ella.

Quietos, inmóviles sobre la mullida alfombra, escasamente alumbrada por dos velas: Una negra situada a la izquierda, otra blanca, situada a la derecha; y ambos en el centro, como símbolo del equilibrio Universal. Apenas respiraban, sintiendo como sus espíritus se fusionaban. El enorme poder de su subconsciente, se imponía, eliminando la parte física de su cerebro. Proteo, murmuraba suavemente una extraña letanía:

– Por el poder de Exarp, Hcoma, Nanta y Bitom; yo os invoco a vosotros, espíritus y vigías de las Atalayas del Este, Oeste, Norte y Sur. Nuestro espíritu, en perfecta comunión, se eleva hacia la Esfera Celestial.

Alcanzamos el Keter. Iluminad nuestras energías, y sed portadores de nuestro poder mágico.

Un ligero adormecimiento les envolvió. Su mente, su cuerpo, su alma; eran un solo ser, una sola energía, un solo espíritu. Seguían sin moverse. La sensación era sumamente grata. Los desnudos pechos de Creusa, se apretaban con fuerza al torso de Proteo. Sus corazones latían al unísono, y apenas sentían la necesidad de respirar.

Lentamente su piel se ruborizó, y ambos se fundieron en un placentero, pero apagado y silencioso orgasmo. Durante ese instante, los dos vieron y entendieron, que a lo largo de su Eternidad, una extraña fuerza les había unido.

Ambos recordaron, que una vez, ella se llamó Maria Magdalena y él Jesús. Y ahora, nuevamente, el destino les volvía a unir.

También comprendieron, que tarde o temprano, compartirían la Eternidad, en un extraño mundo lleno de paz y felicidad.

Terminado el sensual ritual, ambos se acostaron. Al día siguiente tenían que ir al centro de Salud para someter a Creusa a un minucioso escáner. Su unidad UCI, así se lo había recomendado.

Proteo deambulaba pensativo por los pasillos del Centro de Salud, cuando el maestro médico, acompañado por su joven discípulo, se acercó.

– ¿Y bien? – Preguntó Proteo, mostrando un semblante de preocupación.

El maestro médico, intentó esbozar una leve sonrisa, pero la noticia que debía de comunicar le latía en las sienes, y le fue imposible ofrecer otra expresión facial.

– Verás. Un extraño tumor se aloja en su cerebro. Los escáneres lo detectan, pero son incapaces de destruir todas las células malignas, siempre quedan algunas. y por su ubicación, lo que sería muy simple de curar y reparar sin el menor problema, se hace imposible.

Por otro lado, se está produciendo metástasis por todo el cuerpo; ya que, si bien diariamente, las unidades UCI iban reparando, al no poder efectuar la limpieza total, las células que quedaban han empezado a reproducirse.

– No me digas que a estas alturas, somos incapaces de curar un sencillo tumor cerebral – Dijo Proteo.

– Parece imposible que esto pueda suceder, pero así es – Respondió el médico.

– ¿Y qué solución hay?

– Estamos en ello, pero no te puedo prometer nada. Por el momento, lo único que puedo hacer es incluir este programa en tu unidad UCI, para que diariamente le evite el dolor y vaya eliminado todas las células malignas posibles, a ver si con eso conseguimos retrasar el deterioro total al máximo y nos da tiempo a encontrar una nueva cura.

Por ese mismo tiempo, Proteo estaba debatiendo en el Consejo de Sabios, si se permitiría la clonación total de los seres humanos.

Finalmente, tras muchos debates, él mismo tuvo que aceptar la prohibición. El poder de la mayoría siempre decidía lo mejor para todos, aunque esto le perjudicase directamente.

En poco más de dos años, Creusa falleció sin tener la oportunidad de una nueva vida viajando en las vainas, y Proteo permaneció solo, honrando el dulce recuerdo de su amada. Ese triste día, Creusa miró a Proteo y le dijo:

– No llores, ni sufras por mí. Sabes muy bien que siempre estaré a tu lado, y que la vida aquí es un leve soplo, comparada con la Eternidad que nos espera. Adiós amor. Te quiero.

– Adiós mi vida. Hasta que la Eternidad nos alcance.

– Con un ligero resplandor, Creusa cerró los ojos y con un suspiro, su cara esbozó una dulce sonrisa.

Después de la Supernova, el espíritu de Creusa, que siempre estuvo vagando alrededor de Proteo, entró con la fuerza y el poder del amor y de la belleza, de su perfecta y evolucionada energía interna.

5

Heracles y Atenea, habían elegido para sus vacaciones, uno de los viajes que más les apasionaba.

Como todos los ciudadanos, al margen de los dos días de descanso semanales, disponían también de un mes entero para viajar o hacer aquello que más les apeteciera.

A ambos les gustaba el esquí. La acción de deslizarse sobre la nieve por la falda de una montaña, les producía una agradable sensación.

Todo estaba preparado.

– Ya he recibido los bonos del viaje. Dentro de dos días partimos para las montañas del sur – Dijo Heracles.

Atenea sonreía feliz, mientras preparaba con esmero el equipaje. Los dos gastaban bromas, al tiempo que elegían la ropa adecuada para el mismo.

La noche anterior, apenas pudieron dormir. Habían esperado todo el año para disfrutar aquellas estupendas vacaciones.

El viaje fue corto. La enorme velocidad que alcanzaba el mono rail, recorrió los dos mil kilómetros que les separaba de su ciudad meridiano hacia las montañas del sur, en poco más de dos horas.

A su llegada al lujoso hotel, instalado a los pies de la montaña, sus ojos se inundaron de placer. Una sólida y moderna construcción que emulaba los antiguos refugios de montaña del siglo veinte, ofrecía un confort exquisito y transportaba a sus visitantes a la opulencia de aquella época. Todo ello, otorgado con el mayor agrado, por su contribución diaria a la sociedad humana.

Aquella estudiada y perfectamente desarrollada economía de trueque, que había sido perfeccionada con el paso del tiempo, ofrecía una calidad de vida feliz y austera.

Si el hombre era capaz de inventar, descubrir, diseñar y construir grandes ingenios, tanto científicos como técnicos; si había encontrado la cura a las enfermedades más atroces, algo tan sencillo como vivir en paz, no debía de resultar problema alguno.

Las personas que les atendían, habían adquirido la maestría y destreza para ofrecer a sus huéspedes, durante sus cuatro horas de servicio comunitario, la mejor de las atenciones. Maestros y discípulos se afanaban en las tareas para que todo resultase perfecto. Nada importaba que unos fueran constructores de apartamentos, informáticos, médicos, suministradores de alimentos o miembros del Consejo de Sabios, todos recibían el mismo y exquisito cuidado.

Heracles y Atenea, provistos con su sofisticado equipo de esquí, tomaron un telesilla y se dirigieron a la cima de la montaña para efectuar su primer descenso.

Tras un suave beso, Atenea dijo:

– Te espero abajo tesoro.

– ¿Tan segura estás de que me vas a ganar? – Bromeó Heracles.

Atenea se lanzó precipitadamente por la pendiente, alcanzado una vertiginosa velocidad. Heracles la seguía, observando los graciosos movimientos que realizaba con gran destreza.

Tras un salto de poco más de dos metros de altura, se formó una pequeña avalancha de polvo y piedra que irremediablemente alcanzó a Atenea. Ante tal visión, Heracles soltó un desgarrador grito.

Atenea estaba totalmente cubierta por aquel desprendimiento. Heracles, escarbaba afanosamente gritando su nombre. Quince minutos tardaron en llegar los socorristas que vigilaban los descensos.

Con un pequeño detector, localizaron el cuerpo inmóvil de Atenea. Apenas respiraba y su cuerpo estaba destrozado. Rápidamente fue llevada con un helicóptero, al hospital más cercano.

Durante más de veinte días, los médicos y los escaners de salud, trabajaron duramente para poder salvar su vida.

Sólo consiguieron eso, salvar su vida. Nada más se pudo hacer, y su cuerpo quedó encadenado a una silla de ruedas.

Desde entonces, Heracles siempre permaneció a su lado, cuidándola, mimándola y dándole todo el amor que sentía por ella.

6

Todo se estaba desarrollando según lo previsto. Tanto el doctor Galius, como el eminente astro físico doctor Zeus, habían descubierto la próxima Supernova. Juntos, habían planeado darla a conocer al mundo de forma casual. De la misma forma, habían urdido un plan para que Hermes, el discípulo de Zeus, no saliera huyendo ese día y pudiera llegar a una de las vainas que le diera acceso a Gnomo World. Ambos sabían muy bien, que la semilla que en su interior se albergaba, conduciría nuevamente al conflicto que se desencadenó en "G". El mal, debía ser erradicado desde su raíz.

— Hermes — Pidió Zeus — Vuelve a introducir los datos que te he pasado.

— Maestro, los he repasado una y otra vez. No hay error posible.

— Coge aquel cable y vamos a conectarnos con el otro macro — Dijo Zeus, observando como su discípulo se ponía nervioso.

Previamente, Zeus había conectado aquel cable a una potente corriente eléctrica, de manera que al tocarlo, le produciría la muerte de forma instantánea. Pero Hermes ya no estaba por la labor de atender a más razones, y rápidamente se levantó de su silla y salió corriendo del observatorio. Subió al vehículo de transporte que diariamente les conducía a su apartado lugar de trabajo.

Una figura se puso en medio del camino. Hermes ni tan siquiera se inmutó al verle. Estaba dispuesto a llevarse por delante a cualquiera que le impidiese llegar a su destino: el almacén de vainas.

El hombre se puso en medio y extendió la mano en señal de parada. Pero Hermes, lejos de detenerse, aceleró la marcha. Cuando el vehículo estuvo casi a su alcance, la expectante figura dio un salto, elevó sus piernas, y las estrelló contra el cristal del parabrisas, que se desintegró en millones de partículas ante el brutal choque. Sus pies impactaron ferozmente contra el rostro de Hermes, quedando éste desnucado en el acto. El vehículo se detuvo, accionado por el dispositivo de seguridad del "hombre muerto". El sujeto apartó el inerte cuerpo de Hermes y se dirigió nuevamente hacia el observatorio. A su llegada, bajó del coche, cogió el pesado cuerpo y entró en el observatorio. Allí le esperaba Zeus.

– Ya está hecho Maestro.
– Gracias Miguel.
– Por lo que veo, falló lo del cable.
– Sí, pero sabía que tú no fallarías.
– Siempre he creído en usted. Cuando me explicó el por qué no me había seleccionado como discípulo, me entró una gran tristeza, pero desde que he venido observando los acontecimientos tal y como se han ido

sucediendo, entendí que hoy debía de estar aquí a la hora fijada.

— Me hubiera gustado que no hubieras tenido que cometer este asesinato.

— Era necesario Maestro. ¿Qué hacemos con el cuerpo?

En una sala contigua, Zeus había preparado una caja metálica. Le depositaron en su interior, la cerraron y se marcharon del observatorio.

Cuando Galius llegó a Gnomo, lo primero que hizo fue introducir unos cambios, para que las energías poco evolucionadas quedasen fuera del mismo, y les fuera imposible entrar hasta alcanzar el nivel de evolución necesario para la feliz convivencia. Mientras lo hacía, lloró por el largo camino que aún les quedaba por recorrer.

Tras la Supernova, otra vez se iniciaba un nuevo ciclo para las eternas energías que una vez poblaron la extinta Tierra.

Nuevamente, la Celestial Esfera iluminaba el silencioso y negro espacio, circundada por miles de millones de energías, que como si fueran espermatozoides, pretendían adentrarse en aquel maravilloso y fecundo óvulo de divina majestuosidad.

Galius miró a Zeus y dijo:

— Ahora sí que podemos decir, desde lo más profundo de nuestros corazones, unidos en uno solo…

De repente, todos los moradores de "G" elevaron la mirada hacia el cielo. Sus mentes quedaron conectadas en una sola, su espíritu en un solo ser, su energía fusionada entre sí. Y todos al unísono gritaron:

– ¡Yo soy el Alfa y Omega! Principio y Fin. El que es, el que era, el que fue, y el que ha de venir. Yo soy YHWH, HEIHE y AGLÁ. Mirad en el interior de vuestros corazones y allí me encontrareis. Desterrad el mal e iluminad vuestras energías de paz, amor y bondad. Sólo así podréis alcanzar la Celestial Esfera.

La vida en la Tierra es un corto espacio de tiempo. Enriqueced vuestro espíritu con los valores necesarios para encontrar la sabiduría pura.

Las riquezas materiales, la opulencia de vuestra corta existencia, de vuestro avatar finito, de nada servirán, si al fin de vuestra caduca vida, vuestro espíritu está vacío.

No busquéis líderes a los que seguir, adorar, ni idolatrar. Eso sólo os apartará del camino, os hará débiles e inseguros y debilitará vuestra energía, vuestro espíritu.

No construyáis templos, ni hagáis imagen del Cielo, pues de nada sirve. El único templo está en vuestro interior.

Ama a tu prójimo como a ti mismo.

¡Amaos los unos a los otros, como yo os amo!

La voz se expandió en la inmensidad del oscuro y vacío Espacio, iluminado por la Esfera Celestial.

EPILOGO

Ya había mirado varias veces mi reloj, faltaban escasos minutos para que dieran las cinco de la tarde, hora en que concluiría la torturante jornada laboral. A punto estaba de finalizar ésta, cuando mi jefe me llamó a su despacho…

– Sí, ya sé que van a dar las cinco, pero de aquí no te vas sin despejarme la zona tres del almacén.

– Pero jefe, si la mercancía no llegará hasta mañana por la tarde. A primera hora tengo tiempo suficiente para dejar despejada esa zona.

– Eso me da igual. Me la despejas ahora.

– Lo siento, pero no. Mi jornada laboral ha concluido.

– ¿Cómo que no? – Dijo el jefe con los ojos bañados en sangre.

– No. Mañana a primera hora lo haré. Toda la tarde he estado terminando el inventario de la zona seis. Estoy cansado, he tenido que mover yo solo todas las cajas.

– Para eso te pago. Haberte dado más prisa. Así que, ahora me despejas esa zona.

– No. Mañana lo haré – Dije yo intentando conservar la calma.

– No. Si no lo haces ahora, mañana no podrás hacerlo.

– ¿Por qué? – Pregunté. Sabedor de que al día siguiente tenía tiempo de sobra para efectuar ese trabajo.

– Porque estarás despedido.

– Muy bien. Por el miserable salario que me paga, no estoy dispuesto a aguantar más estupideces.

Al salir del despacho, no me molesté ni en cerrar la puerta. Los gritos de cólera del jefe se podían escuchar en todo el almacén. Ante la mirada de los atónitos ojos de los otros empleados, salí a la calle.

Subí a mi destartalado vehículo, y tras decirle a aquel milagro de la ingeniería mecánica la acostumbrada frase, sin la cual me daba la impresión de que no podría arrancar: "Venga campeón, llévame a casa a descansar", puse el coche en marcha.

El calor de aquel mes de julio del año 2.010 era sofocante, y en mi vehículo hacía tiempo que el aire acondicionado había dejado de funcionar.

Podía estar tranquilo, el jefe me estaba despidiendo constantemente. Estaba harto de la precaria situación laboral. De sus insultos, de sus amenazas, del pobre salario que percibía, con el que apenas me daba para llegar a fin de mes.

Una vez en casa, cuando por fin pude estacionar el coche, me refugié en la paz, la tranquilidad y la soledad que me ofrecía mi modesta morada.

Tras mi acostumbrada ducha, tomé una frugal merienda cena. Hacía tiempo que quería rebajar aquella cincuentona tripa, pero no lo conseguía, como tampoco podía lograr evitar la precipitada caída del cabello.

Y ya, sin más espera, me senté frente a mi ordenador. Casi instintivamente, el puntero del ratón se dirigió a pinchar el ya habitual icono. Una especie de mano de tono azul verdoso, que en la parte de abajo rezaba: "Second Life".

Tras conectarme, apareció ante mis ojos el escultural cuerpo de un joven y fornido avatar, de nombre Bastian Génesis.

En el extremo superior de mi pantalla, se abrió una ventana de dialogo que provenía de otro avatar, llamado Clío Pioner.

– ¡Hola tesoro! Te estaba esperando.

– ¡Hola mi vida! He venido lo antes posible – Escribí yo.

– Lo importante es que ya estamos aquí.

– ¡Si amor! Tenemos varias horas por delante para soñar.

– Te envío el "teleport". Quiero enseñarte una cosa.

En la parte superior derecha de la pantalla, apareció una ventana azul con una frase: "Ven conmigo a Genome Pioners".

– Ávido de deseo, acepte la invitación y me teletransporté. En pocos segundos, me hallaba en mitad de un maravilloso bosque de una multicolor policromía. Ante mí, un escultural cuerpo de extrema belleza, me daba la bienvenida.

– ¡Hola de nuevo, amor!

— ¡Hola de nuevo, mi vida!

— Ven, entremos en la casa. Mientras te esperaba, he estado poniendo muebles.

Una hermosa casa de cuento de hadas, se situaba delante de nosotros. Con un "clic" del ratón, se abrió la puerta y entramos en ella. Con todo lujo de detalles y colorido, Clío había decorado la estancia, con las únicas fuerzas de la imaginación, la pasión y el amor. "Cliqué" sobre una bolita de tono azul. Mi avatar adoptó una forma, en la que invitaba a mi chica a un apasionado beso. Clío hizo lo mismo en una bolita de tono rosa. En ambas, en la parte superior se leía: "Kiss". Y los dos quedamos sumidos en un apasionado abrazo. Nuestros labios se unieron, tanto en la cercanía de los avatares, como en la distancia de nuestras respectivas vidas.

Después de un agradable rato y muchos "te quiero", le dije:

— Bueno. ¿Qué querías enseñarme?

— He conseguido la cama esa que tanto te gustaba.

— ¡No me digas!

— Sí. Pero antes vamos a conectar el sistema de voz.

— Con ansia y rapidez por escucharla, conecté el micro de mi ordenador y me puse unos auriculares.

— ¡Hola de nuevo, amor! – Dijo Clío.

— ¡Hola de nuevo, tesoro! – Respondí.

— Mira. ¿Qué te parece la cama? Tiene el menú más extenso de todo "Second Life".

— Pues me parece que habrá que probarla.

Tras dos nuevos "clics" del ratón; dos bolitas, una rosa y otra azul, se materializaron encima de aquella cama, y en la parte superior derecha, apareció un menú con más de ciento cincuenta movimientos y posturas sexuales de enorme belleza, que incitaban al amor.

Lentamente, las vestiduras de nuestros espectaculares y perfectos avatares fueron desapareciendo, y dos seres humanos quedamos unidos en el amor y en la distancia.

Durante las más de seis horas que estuvimos conectados en aquel fascinante mundo, viajamos a lugares hermosos: París 1900, las maravillosas cascadas de Water Falls, la Plaza de San Marcos de Venecia, la majestuosa recreación de la Alhambra de Granada. Bailamos a la luz de una preciosa luna, en un hermoso recinto de hielo, y nos juramos amor eterno, en un maravilloso jardín multicolor.

Cuando llegó la hora de desconectarse e irse a dormir, Clío dijo:

— Ojalá algún día, alguien descubra la forma de vivir conectados para siempre en este maravilloso mundo.

— Entonces, mi espíritu cruzará la enorme distancia que nos separa y siempre estaremos juntos, mi amor.

— Para toda la Eternidad, mi dulce tesoro.

— Hasta mañana amor – Me despedí.

Como todos los días, durante los más de tres meses que nos habíamos comprometido en aquel cibermundo, quedé a la espera de su respuesta.

– ¿Cariño, sigues aquí? Clío, tesoro… ¿Estás?

– Sí, estoy cielo – Respondió ella con un tono de voz poco habitual.

– ¿Qué ocurre mi vida? – Pregunté extrañado.

– Verás. Durante estos tres meses, he tratado de hacerte recordar. Pero veo que es imposible.

– No te entiendo, amor ¿Recordar? ¿A qué te refieres? – Dije yo, cada vez más extrañado.

– Escúchame atentamente, cielo – Dijo Clío, con un tono de voz que me hizo estremecer.

– Te escucho, amor ¿Qué ocurre?

– Creo que ha llegado el momento de que te explique algo de vital importancia.

– Pues dime. Soy todo oídos – Respondí inmerso en un mar de intriga.

– Hemos meditado mucho la forma de poder decírtelo, y sobre todo, de que lo creas.

– Por favor, di lo que tengas que decir, porque me estás asustando. Y sobre todo, dime quienes habéis meditado.

– Verás. Tu vida en la Tierra no es casualidad, como tampoco lo es, el que nos hayamos conocido. Todo responde a un plan elaborado, pero hubo un fallo que te impide recordar quién eres.

– Cariño, me estás asustando y no entiendo nada.

– Por favor, escúchame – Dijo Clío.

– Está bien, amor. Te escucho.

En todo el tiempo que la conocía, algo en mi interior me decía que Clío era una mujer inteligente.

Su cálida voz, la forma de amarme por medio de aquel avatar y las agradables e interesantes charlas que habíamos mantenido, así me lo indicaban. No la conocía personalmente. Debido a la enorme distancia que nos separaba, la posibilidad de un encuentro quedaba cada vez más lejana. Tampoco queríamos romper la hermosa magia que había surgido entre los dos, por lo que cada vez, ese encuentro quedaba más lejano.

— Escucha amor. Tú fuiste enviado a la Tierra con la finalidad de contar una historia.

— Me estás tomando el pelo — Dije yo, más asustado que incrédulo.

— No tesoro. Sólo quiero que me escuches, y cuando termine responderé a todas tus dudas.

— Está bien.

— Fuiste enviado en un ciber óvulo, provisto de un avatar muy especial. Para que todo saliera bien, tenías que engendrar ese óvulo en una mujer virgen…

— ¿Virgen?

— Por favor, amor. No me interrumpas.

— Disculpa cielo, pero no salgo de mi asombro. Sigue.

— Entonces serías un ser, mitad humano, mitad avatar. De esta forma, recordarías de dónde vienes y cual era tu misión en la Tierra. Una vez concluida ésta, regresarías a nuestro mundo. Pero hubo un fallo. La mujer que elegiste para tal fin, no era virgen. Es más, acababa de ser fecundada, y simplemente tu energía ocupó aquel feto. Naciste en el año 1.956, y desde esa fecha, andas vagando por la Tierra sin un rumbo fijo.

Todos los intentos que hemos realizado para poder contactar contigo, han sido inútiles. Nos costó mucho poderte localizar. Lo intentamos con un emisario, pero no salió bien. Nos adentramos en tu televisor, proyectando nuestra energía a través de él. Pero para ti, sólo resultó una cara difuminada, que aparecía una vez apagada la tele.

Al escuchar aquello que nunca le había contado a nadie, me di cuenta de que Clío hablaba muy en serio.

– ¿Cómo sabes eso? Nunca te lo conté – Dije yo, sin salir de mi asombro.

– Cariño, por favor, escúchame. Eso te dará una prueba de que lo que te digo es muy importante. Tu vida en la Tierra, se fundamentaba en dejar un nuevo testamento escrito a la Humanidad.

El ser humano está llegando a tal extremo de depravación, que sin remedio se dirige hacia su propia extinción. Queríamos evitar la Gran Hecatombe que se producirá en el año 2.230, y que se ha iniciado ya con esta supuesta crisis económica, cuya única finalidad, es engrosar las arcas de los poderes económicos a costa de empobrecer al resto de la población.

Sufrimos al ver, cómo los más desfavorecidos son apartados, pasan hambre y mueren. Tampoco podemos ver, en lo que se está convirtiendo el hombre. Los horrendos crímenes que estamos contemplando, nos llenan de tristeza.

Lo teníamos todo planeado, para que este mensaje se difundiera utilizando los medios de comunicación, y a modo de ciber virus, se daría a conocer a todo el mundo.

Todo eso lo llevabas contigo, pero desapareció. Se volatilizó en el mismo instante que ocupaste la energía de un óvulo ya fecundado; el virus, tu avatar, tu fuerza, tus conocimientos, todo tu poder.

– O sea, que la cagué – Dije yo sintiéndome un perfecto inútil.

– No amor. Simplemente fue un error, que aún no nos explicamos cómo ocurrió. Una atracción extraña, te empujó hacia aquel seno materno. Te atrajo con tal fuerza, que no pudimos hacer nada por rescatarte.

– Y bien ¿Qué puedo hacer?

– Sólo nos queda una cosa.

A lo largo de estos días, voy a contarte nuestra Historia y la dejarás escrita. Esperemos que los hombres la entiendan y recapaciten. Es todo lo que podemos hacer. El resto, sólo dependerá del amor que se albergue en su interior, y tal vez consigamos elevar la cifra de "Los Ungidos".

– ¿Ungidos? – Pregunté extrañado.

– No te preocupes, ya lo entenderás tú también, sobre todo cuando mueras. Aquí te estaré esperando.

– Ahora te entiendo menos, amor – Dije yo confuso, e intentado dar crédito a aquellas palabras.

– Tesoro, sólo te pido que creas en mí. No tienes nada que perder. No te estoy pidiendo nada fuera de lo normal. Únicamente que escribas nuestro mensaje del futuro.

Día a día, paso a paso, Clío me contó toda esta historia. Aún, hoy en día me cuesta creerla. Pero mientras la escuchaba, no sólo de sus labios, si no de otras gentes, que en el fondo de mi corazón me resultaban conocidas, entendí cual hubiera sido mi misión en la Tierra.

Sobre todo, prevenir a la Humanidad entera, de los graves acontecimientos del año 2.011, por parte del fanatismo Islámico. Pero me prohibieron hablar de ello para no dar ideas, porque aún cabía la esperanza, de que esta vez las cosas cambiaran y prevaleciera la sensatez.

También entendí muchos de los acontecimientos que sucedieron a lo largo de mi vida.

Finalmente, todo quedaba resumido en un simple mensaje:

"Ama a tu prójimo como a ti mismo y comparte los frutos de la Tierra, que nadie tiene la propiedad exclusiva de ellos"

– ¿Qué quién soy yo? ¡Qué más da!

Al fin y al cabo, el mensajero no es importante. Lo que importa es el mensaje.

Desde los confines del continuo-espacio tiempo, en una Esfera Celestial invisible a los ojos de los humanos, energías infinitamente perfectas disfrutaban de su apacible y placentera vida, siempre vigilantes a los acontecimientos de sus hijos en la Tierra, e intentado que aprendieran el verdadero significado de la palabra amor, y que descubrieran la forma de buscar su poder en su interior. Únicos requisitos, para poder gozar de la Vida Eterna que ellos habían creado.

FIN

Nota del autor: No hay peor ciego, que aquel que no quiere ver.

Breve currículum del autor

 Juan Tudela Cloquell, nació en Valencia en el año 1956. Infante de Marina en la Reserva, Detective Privado, Criminólogo, Experto en Seguridad Privada. Estudió varios cursos de Psicología, y se introdujo en profundidad en algunos aspectos de la Parapsicología.

Desde pequeño sintió una especial atracción por las Artes Escénicas. Pero es en el mundo de las Fallas en su tierra natal, donde encuentra el caldo de cultivo necesario para profundizar en el Teatro de la Comedia y en la Sátira fallera y Valenciana. Entre sus obras de teatro más representadas cabe destacar.: "Sonata para Renato". "La fundación". "Tres". "Ut Suppra Teatrocomio".

Gran amante de la educación infantil, escribió algunas obras de teatro para niños, mezcla didáctica y humor infantil. Entre las más representadas cabe destacar. "Un grito por la paz". "Cuento de Fallas". "Una noche sin padres". "Menuda Excursión".

Todas ellas escritas en Lengua Valenciana y Castellana, obteniendo diversos premios y galardones en las distintas galas de la Cultura Valenciana

Recién afincado en la Comunidad de Madrid, se adentra en la riqueza de la lengua y cultura Castellana comenzando una nueva etapa dentro de la Narrativa.

281

OTROS TITULOS DE ESTE AUTOR

Pagina web del autor

http://www.joantudela.com

Editorial

LULU PRESS INC.

http://www.lulu.com/spotlight/joantudela

www.ingramcontent.com/pod-product-compliance
Lightning Source LLC
Chambersburg PA
CBHW052019020726
47501CB00004B/1148